KB264637

길 위의 여자

길 위의 여자

박미정 수필집

學而思 | 학이사

걷는다는 건, 단순히 발걸음을 옮기는 일이 아니다.

그건 마음이 세상을 느끼는 방식이며, 자기 자신과의 긴 대화다. 나는 그동안 수많은 길을 걸어왔고, 그 길마다 다른 나를 만났다. 기쁨으로 걷던 날도 있었고, 눈물로 잠시 멈춰 선 날도 있었다. 그러나 결국 모든 길은 나를 지금의 나로 데려다주었다. 삶이란, 그렇게 나의 발자국으로 쌓여가는 풍경이 아닐까.

이 수필을 쓰는 동안 나는 멈춤을 배웠다. 바람이 불 때, 낙엽이 떨어질 때, 문득 하늘을 올려다볼 때, 그 순간의 고요 속에서 비로소 내 마음의 속도가 보였다. 세상은 언제나 바쁘게 달리지만, 자연은 언제나 제 속도로 존재한다. 나무는 자기의 계절을 알고, 강물은 멈추지 않으면서도 쉰다. 그 흐름을 바라보며 나는 '살아간다'는 말보다 '살아 있음'을 더 깊이 이해하게 되었다.

나는 이 글을 통해 독자에게 전하고 싶다. 당신의 하루에도 '잠시의 멈춤'이 있기를. 누군가가 정해놓은 길이 아니라, 당신만의 속도와 당신만의 풍경으로 살아가길 바란다. 때로는 다소 느려도 괜찮고, 멈춰 서 있어도 괜찮다. 그 순간에도 삶은 여전히 당신을 통과하고 있으니까.

'길 위의 여자' 는 어쩌면 나 자신이자, 우리 모두의 또 다른 이름이다. 누구나 각자의 길 위에서 외로움과 희망을 동시에 품고 살아간다. 그 여정의 끝이 어디일지 몰라도, 서로의 걸음을 이해하며 함께 걷는다면 세상은 조금 더 따뜻해질 것이다.

오늘도 여전히 그 길 위에 있다. 하지만 이제는 도착을 서두르지 않는다. 한 걸음 한 걸음이 이미 완성된 여정임을 알기에. 그리고 그 여정 끝에서, 이 글을 읽고 있는 당신이 미소 짓기를 소망한다. 길은 결국, 마음이 머무는 자리다. 그곳에서 수많은 사람들을 만나 행복했다.

2025년
은행잎이 휘날리는 늦가을
박미정

1부 마음이 머무는 곳

여름의 미소 …… 12

둘이 걷고 싶은 길 …… 15

아낌없이 주는 나무 …… 19

인생의 뒤안길에서 …… 22

세상을 지탱하는 숨은 힘 …… 26

어딘가로 향하는 마음 …… 29

사람을 사랑한 나팔꽃 …… 31

내 사랑, 황혼에 지다 …… 35

호박이 들려주는 삶의 철학 …… 39

패션, 순간을 영원으로 …… 42

빨간 원피스는 정열이야 …… 45

철마는 달리고 싶다 …… 48

2부 바람이 스치는 곳

마음을 접어 넣은 우체통 ······ 54

가을을 사랑합니다 ······ 58

계절은 모두에게 공평하다 ······ 61

조용한 약속 ······ 64

함께 피어나는 시간 ······ 67

나도 꽃이고 싶다 ······ 71

물안개 피는 언덕 ······ 74

조금은 가볍게, 조금은 무던하게 ······ 78

왕벚꽃 필 무렵 ······ 82

하늘로 띄우는 편지 ······ 85

할머니의 텃밭에 가을이 앉았다 ······ 88

꽃잎 뒤 메뚜기 ······ 92

3부 삶이 피어나는 곳

거울이 남긴 것 ┈┈ 96

길 위의 여자 ┈┈ 99

삶에 새겨진 무늬 ┈┈ 103

어떤 계절을 살고 있는가 ┈┈ 106

그립습니다 ┈┈ 110

청도 와인터널의 향기 ┈┈ 114

아버지의 물동이 ┈┈ 117

어머니의 조청 철학 ┈┈ 120

상하이 주가각의 뱃사공 ┈┈ 123

삼국지 도원결의 현장에 가다 ┈┈ 126

선비이고 싶다 ┈┈ 130

존재의 다른 이름 ┈┈ 134

4부 세월이 스며드는 곳

고요의 뿌리, 우포늪 …… 140

낯선 전각의 문턱에서 …… 144

단종의 고장, 영월 …… 149

망향재의 향수 …… 153

화암사 가는 길 …… 156

바람이 머무는 자리에서, 밀양 용궁사 …… 159

삼척 덕봉산을 거닐다 …… 163

숲의 기억, 도동 측백나무 숲 …… 167

기와의 향기, 정암사 …… 170

고택의 매력, 옻골마을 …… 173

도쿄의 밤, 빛 속을 걷다 …… 176

상하이 영산대불靈山大佛과의 만남 …… 179

1부

마음이
머무는
곳

여름의 미소

여름의 길목에서 능소화는 가장 먼저 나를 반긴다. 해마다 이 계절이 오면, 어김없이 그 꽃이 피는 길을 찾는다. 가로수 아래, 전봇대 옆, 담장 너머로 고개를 내미는 주황빛 꽃송이들, 햇살에 번져 흐르는 그 빛깔은 어느 순간부터 여름의 미소로 기억되었다.

능소화는 참 다정한 꽃이다. 그 이름부터가 부드럽고 생김새마저 따뜻하다. 한 줄기에서 길게 뻗어나온 덩굴은 하늘을 향하지 않고 사람 쪽으로 고개를 숙인다. 그래서일까, 그 꽃 아래에 서면 누구라도 잠시 걸음을 멈추게 된다. 오늘도 능소화 아래에 선다. 햇살이 나뭇잎 사이로 쏟아져 내리고, 바람은 꽃잎을 흔든다. 꽃잎 사이로 스며드는 빛이 내 얼굴에 닿는다. 순간, 웃음이 나온다. 그 미소는 누군가를 위한 것도, 특별한 이유가 있는 것도 아니다. 그저 여름이 주는 생의 온기를 있는 그대로 받아들이는 미소다.

살다 보면 우리는 너무 자주 서두른다. 아직 피지 않은 꽃을 바라보며 언제 필지 계산하고, 피어난 꽃을 보며 곧 질 것을 걱정한다. 그러다 정작 지금 눈앞에 있는 송이의 아름다움을 놓치곤 한다. 능소화는 지금이 가장 고운 순간이라고 가르쳐 준다.

한때는 능소화를 보며 슬펐던 적이 있었다. 그 짙은 주황빛이 왠지 이별의 색처럼 느껴졌다. 하지만 이제는 안다. 그 색은 끝이 아니라, 충만함의 색이라는 것을. 모든 걸 태워내는 한여름의 열정, 그리고 그 안에 깃든 생의 기쁨, 능소화는 피어나면서도 시들어 감을 함께 품고 있다. 그게 인생과 닮았다.

꽃 아래에 서서 가만히 하늘을 올려다본다. 시간이 잠시 멈춘 듯, 세상의 소음이 멀어진다. 꽃잎 사이로 스치는 바람이 머리카락을 흔들고, 그 바람 속에서 오래된 기억 하나가 조용히 깨어난다. 어릴 적, 시골집 마당 담장에도 능소화가 있었다. 어머니는 여름마다 그 꽃을 바라보며 말씀하셨다.

"이 꽃은 사람처럼 웃는 것 같아. 참 곱지?"

그 말이 내 마음 한구석에 오래 남아 있었다. 그때 어머니는 젊으셨고, 지금 나는 그 나이를 지나왔다.

하지만 이상하게도, 오늘 능소화 아래에 서 있으니 그 시절의 햇살과 바람, 그리고 어머니의 미소가 함께 피어나는 것만 같다. 세월은 흘러도 기억은 빛처럼 남는다. 그 빛이 나를 다시 웃게 한다.

사람의 인생에도 능소화의 계절이 있다. 불같이 뜨거운 시절을 지나, 마음이 조금은 단단해지고, 그 단단함 속에서 비로소 여유를 배우는 시기, 그때의 웃음은 젊은 날의 웃음보다 깊고 따뜻하다. 능소화 아래에서 지은 오늘의 미소는, 그런 여유와 감사가 섞인 미소였다. 길가를 지나던 바람이 꽃잎 몇 장 흩날린다. 그 모습이 꼭 누군가의 인사를 닮았다. 손을 들어 꽃잎 하나를 받아본다. 작고 부드러운 꽃잎이 손끝에서 반짝인다. 그 속엔 여름의 시간, 햇살, 그리고 내 웃음이 함께 들어있다.

잠시 뒤, 다시 길 위로 나선다. 하지만 마음은 여전히 그 능소화 아래에 머물러 있다. 그곳에서의 미소가 오늘 하루를 밝히고, 아마 내일의 나를 조금 더 따뜻하게 만들 것이다. 능소화는 여름의 미소다. 하늘을 향하지 않고, 사람을 향해 피어나니까.

둘이 걷고 싶은 길

아침 안개가 낮게 깔린 산 아래로 길이 열리고 있었다. 하늘은 잿빛이었으나, 그 흐린 빛마저 이 계절의 고요함으로 채워진 듯했다. 꽃단지 입구의 표지판에는 이렇게 적혀 있었다.

'지금, 여기 가조온천꽃단지로'

그 문장을 보는 순간, 이상하게도 '지금'이라는 단어에 오래 머물렀다. 언젠가부터 언제쯤이라는 말 속에서 살고 있었기 때문이다. 언제쯤 마음이 여유로워질까, 언제쯤 다시 웃을 수 있을까. 그런데 이곳은 내게 묻고 있었다. 지금, 여기는 어떠냐고.

꽃단지에 들어서자 길 양옆으로 황화코스모스가 펼쳐졌

다. 햇살 대신 구름이 깔려 있었지만, 그 속에서도 꽃은 밝게 피어나 있었다. 마치 자신이 해인 양, 잎과 꽃잎으로 세상을 비추고 있었다. 그 오렌지빛 물결은 눈으로 보는 풍경이 아니라 마음으로 스며드는 온기였다. 따뜻하고 부드러우며, 사람의 기억 속 오래된 그리움 같은 색이었다.

문득, 오래전 함께 걸었던 사람의 손끝이 떠올랐다. 말없이 걷던 길 위에서 바람이 불어오면, 그 사람은 내 어깨에 살짝 손을 얹곤 했다. 그 짧은 손길로 마음을 덮어주던 사람, 가조의 꽃길 위에서 그 기억 속 손길과 다시 마주했다. 바람이 불 때마다 코스모스가 서로 어깨를 기대듯 흔들렸다. 세상의 모든 슬픔이 바람 속에서 잠시 흔들리며 잊히는 듯한 위로였다.

길은 자갈로 포장되어 있었다. 발밑에서 작은 소리가 났다. 사각사각, 발자국이 내는 소리는 오히려 고요를 더 깊게 했다. 인생이란 결국 이런 길이 아닐까. 불완전하고 거칠지만, 걸을수록 단단해지고, 멈추지 않으면 언젠가는 빛나는 곳에 닿는 길. 자갈길의 끝에는 무지갯빛 의자가 있었다. 빨강, 주황, 노랑, 초록, 파랑, 보라, 비 온 뒤 세상에 다시 빛을 돌려주는 색이 한 줄로 서있었다. 의자는 누군가의 마음을 쉬게 하려는 듯, 환하게 웃고 있었다.

초록색 의자에 앉아 먼 산을 바라보았다. 산에는 아직 구름이 걸려 있었다. 마치 세상의 모든 생각들이 그곳에 모여 있는 듯했다. 그때, 바람이 불었다. 바람은 코스모스 잎을 스치고, 산을 넘어, 내 머리카락을 지나, 마음의 구석까지 스며들었다. 그 바람 속에는 어떤 속삭임이 있었다.

'괜찮아, 지금 그대로도 충분해.'

천천히 숨을 들이마셨다. 공기 속에는 꽃의 향과 흙의 냄새, 그리고 조금은 쓸쓸한 가을의 맛이 섞여 있었다. 단순한 바람이 아니었다. 살아 있음을 느끼게 하는 온도의 대화였다.

길 끝에서 함께 걷는 두 사람을 보았다. 노부부 같았다. 회색빛 모자를 쓴 남자와 베이지 코트를 입은 여자가 손을 잡고 걷고 있었다. 두 사람은 말이 없었지만, 그 침묵 속에는 긴 세월이 묻어 있었다. 사람은 혼자 살아가는 법을 배우지만, 결국 누군가와 함께 있을 때 가장 사람답게 숨을 쉰다. 꽃밭 한가운데, 서로의 걸음을 맞춰 걷는 그들의 모습은 사랑의 정의였다.

다시 천천히 걸었다. 길 위에 바람이 부는 방향으로, 꽃이 흔들리는 쪽으로. 그러자 세상이 조금 더 따뜻해졌다. 가조온천꽃단지의 길은 풍경만 좋은 길이 아니라 누군가와 함께 걷고 싶은 마음을 되살려주는 길이었다.

꽃길의 끝에는 여전히 그 문장이 있었다.

‘지금 여기’ 그 문장을 다시 바라보았다. 그리고 마음속으로 천천히 되뇌었다. 지금, 여기서 충분하다. 과거의 상처도, 내일의 불안도 잠시 내려놓고, 지금 이 순간의 바람과 빛만으로도 좋다. 꽃은 지금 피어나고 있었고, 그 꽃을 바라보는 나도 지금 살아 있었다.

길은 멀리 이어지고 있었다. 인생의 길도 이와 같을 것이다. 완벽하지 않아도, 함께 걸으면 아름다워지는 길. 마지막으로 뒤돌아보자 주황빛 코스모스가 바람에 흔들리며 작게 인사했다. 그 모습이 마치 오래된 친구의 미소처럼 다정했다.

그날 이후로, 마음이 막막할 때마다 그 길을 떠올린다. 가조의 꽃단지에서 불어오던 바람, 무지갯빛 의자, 그리고 나란히 걷던 사람들의 발자국 소리. 세상에 수많은 길이 있지만 진정으로 걷고 싶은 길은 누군가의 손을 잡고, 마음을 나누며 걷는 길이 아닐까.

아낌없이 주는 나무

정암사의 돌비석 앞에 서서, 오래된 나무의 숨결을 느낀다. 산사의 고요는 나무가 품은 침묵과 닮아 있다. 이 땅 어디에나 뿌리를 내린 나무는 스스로를 과시하지 않지만, 누구보다 큰 그늘을 내어준다. 그것이 바로 아낌없이 주는 나무의 삶이다.

나무는 땅속 깊이 뿌리를 내린다. 겉으로 보이지 않는 그 뿌리는 눈에 띄지 않지만, 나무를 지탱하는 가장 근원적인 힘이다. 사람도 마찬가지다. 뿌리가 깊은 사람은 흔들리지 않는다. 뿌리 없는 화려한 삶은 바람 앞의 갈대와 같다. 우리는 겉모습보다 보이지 않는 뿌리를 얼마나 단단히 가꾸고 있는가를 묻게 된다.

　나무는 자신이 모은 햇살을 잎으로 펼쳐내고, 그 잎들이 모여 그늘을 만든다. 길을 걷는 이에게 그늘은 시원한 쉼터가 되고, 새에게는 둥지가 된다. 나무는 결코 자기만을 위해 존재하지 않는다. 사람이 나무에게 배우지 못한다면, 우리 사회는 삭막해질 수밖에 없다. 아낌없이 내어주어야 관계가 살아난다.

　가을이 되면 나무는 열매를 맺는다. 감나무에 달린 주황빛 감처럼, 나무는 제 생애의 결실을 누구에게나 건넨다. 열매를 따먹는 아이는 웃으며 달콤함을 즐기지만, 나무는 그 과정에서 몸을 깎아낸다. 우리 삶도 그러하다. 부모는 자녀에게, 스승은 제자에게, 공동체는 다음 세대에게 자신이 가진 것을 내어준다. 그 희생이 없으면 삶은 이어지지 않는다.

　가을이 깊어지면 나무는 잎을 떨군다. 허무하게 보일 수 있는 그 낙엽은 사실 땅을 덮어 이듬해 새 생명을 돕는다. 버림은 곧 또 다른 나눔이다. 나무의 낙엽이 땅의 거름이 되듯, 우리 삶에서도 내려놓음은 누군가를 위한 새로운 시작이 된다.

　겨울 나무는 앙상하다. 그러나 그것은 죽음이 아니라 침묵 속의 준비다. 뿌리 깊은 곳에서 봄을 기다리며, 차가운 시간을 견딘다. 사람도 삶에서 겨울을 맞을 때가 있다. 그때 우리는 절망이 아니라 침묵 속에서 내면을 가꾸어야 한다. 겨울은 종말이 아니라 더 깊은 생명의 기다림이기 때문이다.

사람은 태어나 자라고, 사랑하고, 늙고, 떠난다. 나무 역시 싹을 틔우고, 그늘을 주고, 열매를 맺고, 마침내 스러진다. 그래서 나무를 바라보는 것은 곧 사람의 삶을 성찰하는 일이 된다. 나는 얼마나 아낌없이 주고 있는가, 라는 질문은 나무 앞에 선 사람이라면 누구나 품게 되는 물음이다.

아낌없이 준다는 것은 단순히 물질을 나누는 것을 뜻하지 않는다. 시간, 관심, 사랑, 용서를 내어주는 것도 모두 주는 행위다. 그것은 나를 잃는 것이 아니라, 더 풍요롭게 만드는 과정이다. 주는 순간 비로소 살아있음을 느낀다.

안개 속 구절초 군락지에서 본 나무는 하얀 꽃과 어울려 마치 동화 속 장면 같았다. 안개는 나무의 가지를 감추었지만, 그 안에 여전히 단단히 서 있는 줄기를 보았다. 삶이 아무리 안개에 가려져도, 뿌리와 줄기를 지닌 이라면 결코 쓰러지지 않는다.

나무는 말하지 않는다. 그러나 그 침묵 속에 우리는 수많은 철학을 듣는다. 뿌리의 힘, 그늘의 은혜, 열매의 나눔, 낙엽의 지혜, 겨울의 침묵. 그것이 아낌없이 주는 나무가 남긴 교훈이다. 나 역시 언젠가는 열매를 내어주고 낙엽처럼 사라지겠지만, 그 흔적이 누군가의 삶을 조금이라도 따뜻하게 덮어줄 수 있다면 그것으로 충분하다.

인생의 뒤안길에서

바람이 불었다. 가을의 끝자락에서 은행잎은 마지막 몸짓으로 공중을 그리다 천천히 내려앉았다. 어느새 땅에 닿지 못한 잎 몇 장이 향나무 가지에 걸려 있었다. 초록의 바늘잎 사이에서 노란 잎은 누군가의 기억처럼 머물러 있었다. 잎은 떨어졌지만, 완전히 사라지지 못한 채 그곳에서 조용히 시간을 견디고 있었다.

그 잎을 오래 바라보았다. 세상에 완전한 이별이 있을까. 누군가의 손에서 떠난 것들, 이미 지나온 계절의 흔적들이 사실은 이렇게 다른 존재의 품 안에서 잠시 머무는 건 아닐까. 향나무의 푸름은 여전했지만, 그 속에 스며든 노란 잎 하나가 풍경을 바꾸어 놓았다. 푸름 속의 노랑, 생명과 소멸이

한 장면에 포개진 순간이었다. 그 잎은 나를 오래된 기억 속으로 데려갔다. 인생의 어느 시점마다 우리는 떨어져야 했고, 붙잡지 못한 채 흩어져야 했다. 그러나 떠난 것들이 모두 사라진 것은 아니다. 어떤 것은 마음의 그늘에 남아, 여전히 우리의 오늘을 빛나게 한다. 그 잎은 어쩌면 누군가의 눈물일지도, 혹은 오래된 사랑의 조각일지도 몰랐다.

바람은 도시의 구석을 훑으며 차갑게 스쳐갔다. 인도 옆 붉은 벽돌길 위로 한 대의 손수레가 천천히 움직였다. 수레에는 종이상자와 빈 병, 구겨진 깡통이 잔뜩 실려 있었다. 허름하지만 단단하게 묶인 끈이 삶의 무게를 말해주는 듯했다. 수레를 끄는 노인은 보이지 않았지만, 흔적만으로도 그 하루가 느껴졌다. 상자 하나에도 시간의 자국이 묻어 있었다. 소비의 도시가 버린 것들을 다시 주워 모으며 살아가는 삶, 그것이야말로 인간의 가장 묵직한 생존의 모습이었다. 그리고 그 수레는 인생의 뒤안길을 천천히 걸어가는 한 인간의 초상처럼 보였다.

인생의 중심에 있을 때 우리는 얼마나 많은 것을 무심히 버리고 사는가. 그러나 세상의 구석에는 누군가 버려진 것들을 다시 모으며 하루를 이어간다. 단순한 생계 행위가 아니라, 사라진 것들을 다시 세상으로 되돌리는 또 하나의 순환이다. 향나무 위의 은행잎처럼, 버려진 상자 속에도 시간이 깃들어 있다. 누군가의 손끝에서 만들어지고, 누군가의 삶을 채우다가, 다시 누군가의 수레 위에 올라 이 거리를 지나간다. 그리하여 세상은 완전한 끝도, 완전한 시작도 없이 이어진다.

그 수레를 바라보며 오래 서 있었다. 마치 내 인생의 어떤 장면을 보는 듯했다. 나 역시 수많은 기억과 감정을 끌고, 인생의 뒤안길을 걷고 있는지 모른다. 젊은 날의 열정, 사랑의 환희, 이별의 눈물, 그리고 지나간 계절, 그것들은 내 마음의 수레에 실린 채 여전히 나를 끌고 간다. 살아간다는 것은 어쩌면 그렇게 '모으는 일' 일지도 모른다. 흩어진 것들을 주워 담고, 무너진 마음을 묶고, 다시 걸음을 내딛는 일. 사람은 누구나 자신의 인생을 스스로 끌고 가는 수레꾼이다. 그리고 그 길의 끝은 누구도 알 수 없다.

끝이 어디든, 우리는 이 길 위에서 서로 흔적을 남기며 살아간다. 향나무의 초록이 노란 잎을 품듯, 세상은 그렇게 서로의 잔향을 안고 있다. 버려진 것이 아름다워지는 순간은 그것이 다시 누군가의 눈길을 받는 그때이다. 하늘을 올려다보니 구름 사이로 가을빛이 희미하게 스며든다. 세상은 여전히 분주하지만 나의 시선은 그 작은 잎 하나에 머문다. 떨어진 잎이 남긴 흔적, 수레가 지나간 길 위의 고요, 그 모든 것이 마음속에 하나의 풍경으로 남는다.

시간이 흘러도 잎은 잎으로, 인간은 인간으로 살아야 한다. 떨어질 때를 알고, 멈출 때를 아는 것. 그리고 다시 흙으로 돌아가 새로운 생명을 품을 수 있다는 것. 그것이 삶의 진정한 순환이 아닐까. 길 끝에서 나직이 중얼거린다. 모두가 누군가의 뒤안길이 되어 간다고.

바람이 잎을 스친다. 수레는 여전히 천천히, 그러나 분명히 나아간다. 그리고 그 뒤를 한 장의 노란 잎처럼 따라 걷는다.

세상을 지탱하는 숨은 힘

마을 한편, 회색빛 시멘트 벽. 메마르고 딱딱한 바닥이 이어진다. 사람의 손으로 단단히 다져진 공간은 생명이 숨 쉴 틈조차 허락하지 않을 듯 보인다. 그런 곳에서 한 줄기 푸른 잎을 발견했다. 금이 간 틈새를 비집고 나온 초록은 나는 여기 있다, 나는 살아 있다고 선언하는 듯하다.

아스팔트의 차가움과 벽의 냉혹함 사이에서도 풀은 자라났다. 햇볕은 반쯤만 비쳤고, 빗물도 쉽게 스며들지 못했을 터이다. 그러나 풀은 포기하지 않았다. 정원도 아니고, 화단도 아니며, 돌봄을 받는 자리도 아니었다. 그러나 생명은 가장 낮은 자리에서조차 피어난다.

누군가에게는 하찮은 잡초일지 모른다. 하지만 풀의 생

존은 고집스럽고도 숭고하다. 사람들은 꿈을 말하면서도 쉽게 포기한다. 그러나 풀은 스스로를 위해, 생명을 이어가기 위해 단 한 번도 포기하지 않는다. 그것이 자연의 본능이고 생명의 고집이다.

자세히 들여다보니 잎사귀마다 상처가 나 있다. 벌레가 갉아먹은 흔적, 바람에 찢긴 자국, 햇볕에 그을린 자취. 그러나 상처 입은 자리에서도 풀은 잎을 더 키운다. 사람도 이와 다르지 않다. 상처는 멈춤의 증거가 아니라, 버티며 자라온 흔적이다.

아이러니하다. 생명을 가두고 차단하려 만든 시멘트 바닥이 오히려 생명을 더 강하게 키운다. 틈새 하나가 주어졌을 뿐인데, 풀은 거기서 세상과 마주한다. 고통과 억압은 생명을 위축시키는 동시에 더욱 강하게 단련시킨다. 풀의 존재는 그 역설을 보여준다.

풀을 보며 내 삶을 떠올린다. 때로는 벽에 가로막히고, 바닥에 짓눌려 앞이 보이지 않을 때가 있었다. 그러나 그럴 때조차 삶은 길을 내었다. 가장 작고 보잘것없는 틈새에서도 희망은 움튼다. 그것을 깨닫는 순간, 절망은 더 이상 감옥이 아니다.

풀은 단순히 자라는 데서 멈추지 않는다. 마침내 꽃대를 세우고, 씨앗을 맺는다. 흙 없는 자리에서도 꽃은 피어난다.

아름다움은 환경이 허락해서가 아니라, 생명이 스스로 길을 찾아낸 결과다. 사람의 삶도 그렇다. 척박한 자리에서도 우리는 저마다의 꽃을 피우고 있지 않은가.

길가의 풀을 주목하는 사람은 많지 않다. 그러나 하찮게 여겨지는 그 생명이야말로 가장 끈질기다. '하찮음'은 약함의 다른 이름이 아니다. 작고 보잘것없어 보이는 것들이야말로 세상을 지탱하는 숨은 힘이다.

풀 앞에서 고개를 숙인다. 벽에 가로막히고, 땅에 짓눌릴 때마다 잡초를 떠올리리라. 시멘트 바닥조차 생명을 막을 수 없듯, 어떤 절망도 내 안의 가능성을 꺾을 수 없다는 사실을.

시멘트 바닥에서 피어난 풀 한 포기. 그것은 작은 기적이자 위대한 교훈이다. 생명은 환경의 조건을 넘어서는 힘을 가졌음을 보여준다. 사람 또한 그러하다. 척박한 자리에서 움튼 희망은 더 단단하다. 생명은 어디서든 움튼다. 그리고 나 또한, 끝내 내 삶의 꽃을 피워낼 것이다.

어딘가로 향하는 마음

창밖에 비가 내린다. 유리 위로 흘러내리는 물방울들이 길게 이어지며, 세상의 모든 슬픔을 조용히 닦아내는 듯하다. 차창에 기대어 바라보는 풍경은 흐릿하고, 그 흐림 속에 오히려 마음은 또렷해진다. 여행길의 비는 늘 그렇다. 어딘가로 향하는 마음과 돌아보게 되는 기억이 동시에 젖는다.

도로 옆 산등성이엔 안개가 낮게 걸려 있다. 초록빛 풀잎 위에 맺힌 물방울들이 햇빛 대신 빗빛을 머금고 있다. 어쩌면 이 빗속 풍경이야말로, 여행이 우리에게 주는 진짜 쉼인지도 모르겠다. 멈춤과 느림, 그리고 사유의 시간. 유리창에 맺힌 빗방울 하나가 천천히 흘러내린다. 그 물방울은 마치 인생의 한 장면처럼 머무르다 사라진다. 사랑도, 아픔도, 기뿜도 모두 이렇게 흘러간다. 그러나 흔적은 남는다. 창 위에 남은 물길처럼, 내 마음에도 오늘의 비가 잔잔히 스며든다.

차가 멈춘 어느 시골길, 들판엔 연둣빛 풀 냄새가 묻어나고, 멀리서 개울 소리가 희미하게 들려온다. 창문을 살짝 열자 빗소리가 쏟아진다. 규칙 없이 떨어지는 빗방울의 리듬이 내 심장의 박동과 닮아 있다. 세상은 멈춘 듯 고요하지만, 내 안의 시간은 천천히 흐르고 있다. 여행길에서 내리는 비는 길 위의 고독을 위로한다. 떠나는 이의 마음을 다독이며, 세상과 나 사이의 경계를 부드럽게 지운다. 그 속에서 나는 다시 나를 만난다. 아무 말 없이 흘러가는 빗소리 속에서, 잠시 멈춰 서 있는 존재를 느낀다. 창밖의 풍경은 흐릿하지만, 내면의 풍경은 선명하다. 오늘의 비는 나에게 묻는다.

"너는 어디로 가고 있니? 무엇을 잃었고, 무엇을 품고 있니?"

대답 대신, 빗방울을 따라 눈을 감는다. 그리고 문득 깨닫는다. 여행이란, 도착이 아니라 흐름임을. 차가 다시 출발하고, 유리창의 빗방울이 뒤로 흘러간다. 그러나 내 마음의 비는 아직 그치지 않는다. 그 비는 내 안의 기억을 적시고, 길 위의 나를 조금 더 깊게 만들어주고 있다. 비 내리는 창가에서, 오늘의 나를 잠시 바라본다. 이 순간이 어쩌면 여행의 가장 조용한 기념사진이다.

사람을 사랑한 나팔꽃

비가 그친 아침, 길가의 풀잎마다 물방울이 매달려 있었다. 세상은 젖어 있었고, 공기는 묘하게 차분했다. 그 속에서 나팔꽃 한 송이를 보았다. 비를 맞은 흔적을 그대로 간직한 채 하늘을 향해 나팔을 불고 있었다. 작고 연약한 줄기 하나로 허공에 매달려 있으면서도, 결코 쓰러지지 않았다. 세상은 회색빛인데, 그 속에서 나팔꽃은 오히려 선명했다. 고요한 보랏빛 음색은 무언의 위로처럼 내 마음으로 흘러들었다.

사람들은 종종 꽃을 보며 아름답다고 말하지만, 나팔꽃을 보고 이해받고 있다고 느낀 적은 없을 것이다. 그날 처음으로, 꽃이 사람을 위로하는 순간을 보았다. 비 온 뒤의 길가, 흙냄새가 가득한 공기 속에서 나팔꽃은 소리 없이 노래하고 있었다. 그 노래는 슬프지 않았다. 다만, 오래도록 견뎌온 존재의 숨결이 느껴졌다.

삶이 고단할 때는 잠시 고개를 숙여도 괜찮다고, 그래도 다시 피어나면 된다고 말하는 듯했다.

꽃잎 끝에는 여전히 빗방울이 매달려 있었다. 그 방울 하나하나가 햇살을 받아 미세한 무지개를 만들었다. 그 모습이 우리 같았다. 사랑하고, 아파하고, 그러나 결국 다시 일어나는 사람 말이다.

나는 사랑을 거창한 것이라 여겼다. 커다란 약속, 변치 않는 믿음, 끝까지 지켜주는 힘, 하지만 나팔꽃은 전혀 다른 방식으로 사랑을 가르쳐 주었다. 사랑이란 누군가를 위해 고개를 숙이는 일이라는 것을. 삶이 힘겨울 때, 어깨에 비가 내릴 때, 묵묵히 곁에 서서 나직이 울리는 목소리 하나가 얼마나 큰 온기가 되는지 나팔꽃은 알고 있었다.

바람이 불면 그 얇은 줄기는 크게 흔들렸지만, 그럴수록 더 깊게 엉켰다. 사랑하는 사람의 마음이 그렇듯, 흔들릴수록 더 단단해지는 모양이었다. 나는 문득 생각했다. 혹시 나팔꽃은 사람을 사랑해서 이렇게 피어 있는 건 아닐까. 지나가는 이들의 지친 얼굴을 보고, 그들을 위로하고 싶어서 말이다. 그래서 그 작은 몸으로 비를 맞고, 바람을 견디며, 세상에 가장 다정한 노래를 불러주는 건 아닐까.

비가 그치자 나팔꽃의 보랏빛이 더욱 짙어졌다. 단순한 생명의 색이 아니라, 기다림의 색이었다. 세상의 속도를 거슬러 피어나는 느림의 철학이었다. 누구도 주목하지 않는 자리에서, 누구도 듣지 못할지도 모르는 노래를 부르는 것, 그것이 바로 진정한 존재의 의미일지도 모른다. 사람들은 성공과 이름을 위해 바쁘게 달려가지만 이 작고 고요한 나팔꽃은 그저 존재만으로 충분했다. 세상에 증명하지 않아도 빛났다. 단지 '살아 있음'으로, 이미 세상에 선율을 남기고 있었다.

해가 떠오르며 빛이 퍼지자, 나팔꽃의 몸은 서서히 힘을 잃었다. 짧은 생, 하루의 운명, 그러나 그 짧음이야말로 아름다움의 본질이었다. 나팔꽃 자신의 생애가 덧없다는 것을 알고 있었다. 그래서 더 열심히 피었고, 더 깊게 울었다. 그 울림이 지나가는 이의 마음을 흔들 수 있다면, 그것으로 족하다고 믿었을 것이다. 나는 그 앞에서 오래 머물렀다. 그리고 속으로 작게 말했다.

'너는 사람보다 더 사람답구나.'

비 온 뒤의 공기가 다시 흐려지고, 바람이 잎사귀를 스쳤다. 그때 나팔꽃은 미세하게 흔들리며 마지막 음을 울렸다.

집으로 돌아오는 길에서 나팔꽃을 떠올렸다. 사람도 꽃

처럼 누군가의 하루에 피어날 수 있다면 얼마나 좋을까. 누군가의 마음을 향해 다가서되, 자신의 빛으로 그를 덮어버리지 않고 그저 함께 존재하는 그런 사랑, 나팔꽃의 철학은 단순했다.

누군가를 위로하라, 그러나 가르치지 말라.

그의 곁에 머물러라, 그러나 대신 살지 말라.

그 단순함 속에 삶의 본질을 보았다. 나팔꽃은 삶의 겸손이자, 사랑의 윤리였다. 비 온 뒤의 하늘은 다시 흐려졌지만, 마음은 이상하게 맑았다. 나팔꽃이 불어준 짧은 나팔 소리가 아직 귓가에 남아 있었다.

내 사랑, 황혼에 지다

저녁노을이 바다 위에 번져 있었다. 태양이 하루의 무게를 내려놓는 순간, 그 붉은빛 속에서 오래된 사랑의 그림자를 보았다. 세월은 흘렀고, 젊음은 사라졌지만 사랑은 여전히 저 황혼빛처럼 가슴 깊은 곳에서 타오르고 있었다.

노을이 진다는 건, 빛이 사라지는 일이 아니라 또 다른 온도의 시간이 시작된다는 뜻이다. 젊음의 한낮이 지나고 나면 인생의 저녁은 황금빛으로 물든다. 그 빛 속에서 나의 사랑, 나의 시간을 다시 본다. 사랑이란 언제나 뜨거운 낮의 언어로만 존재하지 않는다. 조용한 황혼의 언덕에서야 비로소 사랑의 진짜 얼굴이 드러난다. 그 얼굴은 화려하지 않다. 다만 오래된 나무처럼 깊고 단단하며, 바람에 흔들리면서도 꺾이지 않는 고요함으로 존재한다.

오늘도 바다를 향해 손을 내민다. 그 손끝에 닿는 건 파도의 숨결이 아니라 당신이 남기고 간 온기다.

젊은 날엔 서로의 눈을 바라보며 사랑을 확인했지만, 지금은 같은 방향을 바라보며 사랑을 느낀다. 당신이 떠난 뒤에도 바다는 여전히 물결치고 노을은 매일 저 자리에서 진다. 그 반복 속에서 배운다. 사랑은 사라지는 것이 아니라 다른 모양으로 남는 것임을.

황혼이 지는 바다는 인생의 마지막 장 같았다. 파도는 내게 모든 사랑은 언젠가 바다로 돌아간다고 속삭이는 듯했다. 처음엔 그 말이 슬펐지만 이제는 알 것 같다. 우리가 살아온 시간들이 바람과 물결이 되어 흘러가듯, 사랑도 그렇게 자연으로 돌아가는 것이다. 그리움은 파도가 되어 밀려오고, 추억은 모래 위에 발자국처럼 남는다. 지워지는 것 같지만 그 밑에는 언제나 온기가 깔려 있다.

바다에게서 많은 것을 배웠다. 파도는 늘 무너지고, 다시 일어난다. 끊임없는 반복 속에서 바다는 늙지 않는다. 사람의 사랑도 그렇다. 젊은 날의 열정이 식은 자리에 이해와 포용이 자라나고, 그 위에 세월의 파도가 부드럽게 덮인다. 그것이 황혼의 사랑이다. 어쩌면 사랑의 완성은 젊음이 아니라 이처럼 느릿한 시간 속에서 서로의 존재를 받아들이는 일인지도 모른다.

해가 지는 방향을 바라보며 손을 들어 본다. 그 끝에 당신이 있을 것만 같다. 젊은 날의 우리는 서로를 불태웠다. 이제 당신을 마음으로 끌어안는다. 당신과 함께한 시간은 햇살 같았고, 빗물 같았으며, 지금의 황혼빛처럼 따뜻했다. 당신의 미소 하나로 하루가 찬란했고, 당신의 부재 하나로 세상은 잿빛이 되었다. 그러나 나는 안다. 그 모든 색깔이 모여 내 인생의 무늬가 되었음을.

사람들은 종종 묻는다.

"사랑은 나이를 먹으면 사라지나요?"

조용히 웃으며 대답한다.

"아니요, 사랑은 나이를 먹을수록 더 깊어집니다."

젊은 날의 사랑이 불꽃이라면, 지금의 사랑은 잔잔한 불씨다. 그 불씨는 쉽게 꺼지지 않는다. 말없이 옆에 앉아 차 한 잔을 나누는 온기, 그것이 나의 사랑이다. 사랑은 이제 소유가 아니라 이해이며, 기다림이 아니라 함께 흐르는 시간이다. 황혼의 바다를 걸으며 문득 깨닫는다. 이제는 나 자신을 더 사랑할 때가 되었다는 것을. 당신이 내게 남겨준 건 외로움이 아니라, 스스로를 껴안는 법이었다. 젊은 날엔 누군가에게서 빛을 얻으려 했지만, 이제는 내가 나의 빛이 된다. 그 빛은 조용하고, 따뜻하며, 오래 간다. 바다의 저녁노을처럼.

사랑의 끝은 끝이 아니다. 또 다른 시작이다. 헤어짐이 있었기에, 비로소 사랑을 배웠다. 사랑은 비워낼수록 더 깊어진다. 그리고 그 비움의 끝에서, 세상을 다시 사랑하게 된다.

모든 이별은 새로운 만남의 문턱이다. 노을이 붉게 물든 바다를 향해 조용히 인사했다.

"오늘도 수고했어요."

그 말은 나에게, 그리고 당신에게 하는 말이었다. 태양은 진다 해도, 내 마음의 빛은 여전히 남아 있다. 사랑이란 결국 그런 것이다. 끝없이 저물면서도 사라지지 않는 빛. 그 빛이 나를 이끌어 내일로 가게 한다. 사랑은 젊은 날의 뜨거움만이 아니다. 세월이 흘러도, 시간의 강을 건너도, 그 본질은 변하지 않는다. 사랑이란 '누군가를 붙드는 일'이 아니라 세상과 조화롭게 흐르는 일이며 황혼은 끝이 아니라 또 다른 여명이다. 저무는 태양 속에서도 여전히 반짝이는 바다처럼 사랑은 지지 않고 다만 깊어질 뿐이다.

호박이 들려주는 삶의 철학

텃밭 한 구석, 초록 넝쿨 사이에 묵묵히 자리 잡은 늙은 호박을 마주한다. 둥글둥글 굽이진 주름살, 세월의 흔적이 고스란히 배어 있다. 호박은 화려하지 않다. 탐스러운 과일처럼 눈길을 사로잡지도 않고, 장미처럼 향기를 뿜지도 않는다. 그러나 늙은 호박은 깊고 두터운 삶의 진실을 담고 있다.

늙은 호박은 단숨에 자라지 않는다. 봄에 씨앗이 뿌려지고, 뜨거운 여름 햇볕과 장마를 견뎌야만 비로소 가을에 이르러 늙은 호박이 된다. 그 속에는 햇살의 빛줄기, 빗방울의 무게, 땅속의 영양분이 층층이 쌓여 있다. 우리의 삶도 이와 다르지 않다. 젊은 날은 푸르지만 아직 덜 여물어, 수많은 계절을 통과해야만 진짜 깊은 맛을 낼 수 있다.

늙은 호박은 그 자체로 인내의 결실이다. 화려하게 피었다가 지는 꽃과 달리 묵묵히 자라며 자신의 시간을 받아들인다. 그러하기에 늙은 호박은 무겁지만 든든하고, 늙었지만 여전히 생명을 품는다.

늙은 호박은 거칠고 투박하다. 누렇게 바랜 껍질에는 흉터와 같은 상처들이 남아 있다. 그러나 칼로 쪼개면 그 속은 오히려 진하고 달다. 삶도 마찬가지다. 겉으로는 주름지고 낡아 보일지라도, 세월을 견딘 내면은 더 단단하고 풍성하다.

우리는 흔히 젊음의 아름다움에만 눈길을 주지만, 늙은 호박은 속살로 말한다. 참된 가치는 겉이 아니라 속에 있다는 것을. 세월의 무게를 견딘 사람의 마음에는 젊음이 미처 알지 못한 지혜와 온기가 깃들어 있다.

늙은 호박은 한 번의 쓰임으로 끝나지 않는다. 국을 끓이고, 죽을 만들고, 씨앗은 다시 땅으로 돌아가 새로운 생명을 틔운다. 삶 역시 그렇다. 나이 들어 늙는다는 것은 끝이 아니라 또 다른 시작을 품는 것이다. 내가 걸어온 시간이 헛되지 않은 이유는, 그 시간이 누군가의 밑거름이 되기 때문이다. 호박의 씨앗은 내일을 약속한다. 오늘의 늙음은 내일의 젊음을 키우는 토양이 된다. 그러므로 늙는다는 것은 사라지는 것이 아니라, 더 깊이 이어지는 것이다.

나이 든 호박은 나에게 이렇게 속삭인다. 젊음은 찬란하지만 덧없고, 늙음은 초라해 보이지만 실은 가장 풍요롭다. 그 말은 내 마음에 오래 머물러 울림을 남긴다. 우리 사회는 늙음을 두려워한다. 그러나 호박은 늙음을 두려워하지 않는다. 오히려 그것을 삶의 성숙으로 받아들이며, 자신이 지닌 달콤함을 나누어준다. 인간 또한 늙어감 속에서 삶의 참된 무게와 가치를 드러낼 수 있다면, 그것이야말로 가장 아름다운 철학이 아닐까.

내 삶도 늙은 호박처럼 깊어지기를. 화려하지 않아도 좋다. 주름지고 상처투성이여도 괜찮다. 중요한 것은 그 속에 어떤 맛과 지혜를 담았는가이다. 늙은 호박은 말없는 철학자다. 땅에 뿌리 내려 세월을 버티며, 우리에게 삶의 진실을 일깨운다. 언젠가 나 또한 늙은 호박처럼 묵묵히 세월을 이겨내고, 그 속살에 달콤한 사랑과 지혜를 품은 채 살아가고 싶다.

패션, 순간을 영원으로

어둠이 내린 잔디 위, 조명이 하나둘 켜진다. 그 불빛은 하늘의 별처럼 이어져 밤공기를 수놓고, 그 빛 아래에서 모델들은 천천히 걸음을 옮긴다. 금빛, 푸른빛, 연둣빛, 그리고 꽃무늬가 수놓인 옷들이 차례로 무대를 채운다. 패션쇼는 단순히 의상을 보여주는 행사가 아니다. 삶의 한 장면처럼, 인간 존재의 내면을 드러내는 철학적 무대다.

한 벌의 의상이 무대 위에서 반짝이는 시간은 길어야 몇 분, 때로는 몇 초에 불과하다. 그러나 그 짧은 순간은 강렬한 울림을 남긴다. 우리는 흔히 영원한 것을 갈망하지만, 사실 삶은 찰나의 연속으로 이루어진다. 패션은 바로 그 찰나의 미학을 보여준다. 찰나를 붙잡으려는 인간의 욕망, 그리고 그 순간을 영원으로 만드는 인간의 기억이 옷에 담겨 있다.

사람은 매일 옷을 입는다. 의복은 몸을 가리는 기능을 넘어선다. 금빛 옷을 입은 이는 권위와 당당함을, 푸른 옷을 입은 이는 고요함과 깊이를, 꽃무늬를 걸친 이는 생명력과 아름다움을 드러낸다. 패션은 곧 자아의 거울이다. 옷을 고르는 행위는 자신이 어떤 사람인지, 또 어떤 삶을 살고자 하는지 세상에 말하는 방식이다.

무대 위 모델은 환한 조명을 받으며 걷는다. 그러나 그 뒤편에는 여전히 그림자가 있다. 삶도 마찬가지다. 우리는 모두 밝은 얼굴과 어두운 얼굴을 함께 가지고 산다. 패션은 이 양면성을 감추기도 하고, 드러내기도 한다. 화려한 장식은 때로 내면의 상처를 덮어주고, 간결한 옷은 오히려 진실한 모습을 드러내기도 한다.

패션은 끊임없이 변한다. 어제의 아름다움은 오늘의 낡음이 되고, 내일의 유행은 다시 사라진다. 그러나 이 변화는 부정적인 것이 아니다. 변화는 삶의 본질이며, 새로운 감각을 일깨우는 힘이다. 계절마다 옷을 갈아입듯이, 인간도 매 순간 새로운 얼굴로 세상을 살아간다. 변화를 두려워하기보다 받아들이는 것이야말로 삶의 지혜다.

옷을 고른다는 것은 곧 나를 선택하는 일이다. 당당한 금빛, 침장하는 푸른빛, 절재의 검은빛, 오늘 나는 어떤 색으로 세상과 마주할 것인가. 의복은 철학이다. 어떤 옷을 입고 살아가느냐는, 어떤 가치관으로 세상을 살아가느냐와 다르지 않다.

무대 위의 의상은 결국 갈아입혀지고 사라진다. 그러나 그 순간을 본 이의 마음에는 오래도록 남는다. 우리의 삶도 언젠가 사라질 유한성이지만, 그 속에서 빛나는 순간은 누군가의 기억 속에서 영원으로 남는다. 패션은 유한함 속에서 영원을 만드는 예술이다.

결국 우리는 자신만의 무대 위에 선 배우다. 각자는 다른 옷을 입고, 다른 빛을 받고, 다른 길을 걸어간다. 중요한 것은 옷의 화려함이 아니라, 내가 어떤 철학을 담고 그 옷을 입느냐이다. 패션은 삶의 철학을 몸으로 드러내는 예술이다. 우리는 매일 아침, 옷을 고르며 새로운 무대의 막을 올린다.

밤하늘에 매달린 조명이 천천히 꺼지고, 무대가 끝난다. 그러나 관객의 마음속에는 여전히 장면들이 살아 있다. 패션은 그렇게 사라지면서도 남는다. 언젠가 무대에서 내려오지만, 남긴 발자취와 빛나는 순간은 기억 속에 살아남는다. 그 사실이야말로 패션이 우리에게 전하는 철학이다.

빨간 원피스는 정열이야

비가 갠 오후, 의령 보랏빛 들꽃 사이로 발걸음을 옮겼다. 연보랏빛 아스타 국화들이 바람에 흔들리며 길을 내주었다. 그 속에서 나는 한 송이 붉은 꽃처럼 서 있었다. 빨간 원피스를 입은 나, 그리고 그 옷에 스며 있는 세월의 열기, 빨간 원피스는 정열이야. 누군가 그렇게 말한 적이 있었다. 그 말이 그날따라 마음속에서 오래 머물렀다. 정열, 그건 단순히 뜨거운 불길이 아니라 오랜 시간 꺼지지 않고 타오르는 내면의 빛이 아닐까.

빨간 원피스를 꺼내 입을 때마다 나는 조금 더 나다워진다. 누군가에게는 과할 수도 있는 색이지만, 내게는 '살아 있음'의 증거다. 많은 계절을 지나며, 수많은 회색 날을 입어왔다. 그 속에서도 한 점의 붉음을 간직하고 싶었다. 삶의 열정, 사랑의 흔적, 그리고 아직 꺼지지 않은 나의 온도.

빨간색은 쉽게 바래지 않는다. 시간이 지나도, 햇살이 스며도 그 색은 여전히 또렷하다. 나는 그 단단함이 좋다. 그런 사람이고 싶다. 비바람에 흔들려도 마음속의 붉은빛 하나는 지켜내는 사람이고 싶다.

보랏빛 아스타 군락지 한가운데서 나는 우산을 들고 서 있었다. 빗방울은 그치지 않았지만, 내 마음은 이미 햇살이었다. 빨간 원피스는 비를 두려워하지 않았다. 오히려 그 빗속에서 더 선명해지고, 더 따뜻해졌다. 카메라 너머의 시선이 말했다. 오늘의 당신, 참 아름답다고. 나는 웃었다. 빨간 원피스가 내게 용기를 주었고, 그 용기는 다시 미소가 되어 세상으로 번졌다. 그 미소는 삶을 견뎌낸 한 사람의 흔적이었다.

정열은 나이를 가리지 않는다. 젊음은 사라져도 마음의 불꽃은 남는다. 빨간 원피스를 입고 거울 앞에 서면, 나는 다시 '살아 있는 여자'가 된다. 그녀는 세월을 품고도 여전히 설렌다. 가을 바람에도, 비 내리는 정원에서도 자신의 이야기를 이어간다. 삶은 결국 자신을 사랑하는 용기다. 빨간 옷은 그 용기의 색이다. 어느 날, 내 마음이 너무 희미해질 때면 다시 이 옷을 꺼내 입을 것이다. 그 순간, 내 심장은 다시 붉게 필 테니까.

사람의 생은 꽃과 닮았다. 때로는 시들고, 때로는 다시 피어난다. 하지만 진정한 아름다움은 한 계절의 화려함이 아니라, 피어나기까지의 기다림이다. 빨간 원피스 안에는 청춘의 설렘도, 눈물도, 그리고 지금의 평온도 담겨 있다. 그 옷을 입고 걷는 나는 더 이상 누구의 그림자도 아닌, 내 삶의 주인이다.

빨간색은 나에게 용기이자 사랑의 언어다. 삶의 어느 순간에도, 내 안의 붉은빛 하나는 지워지지 않기를 바란다. 그 빛으로 오늘도 웃는다. 그리고 내가 여전히 살아 있음을 증명하는 고백을 되뇐다.

'빨간 원피스는 정열이야.'

철마는 달리고 싶다

기차역 플랫폼에 서면 언제나 마음이 설렌다. 차가운 철로 위로 불어오는 바람, 신호등의 불빛, 기적 소리. 모두가 '출발'이라는 단어와 맞닿아 있다. 내가 서 있는 이 영월역은 그 이름만으로도 사람을 부르는 힘이 있었다. 작은 시골역이지만, 철길은 멀리멀리 이어져 있어 사람들을 데려가고 또 돌아오게 한다.

붉고 푸른 도색을 입은 기관차가 역으로 들어왔다. 차창에 비친 얼굴들이 빠르게 스쳐 지나간다. 철마鐵馬라 불리는 기차는 언제나 달리고 싶어 한다. 기차가 들려주는 소리는 세월을 향해, 희망을 향해 몸부림치는 생명체의 호흡처럼 들린다.

역 앞에 남아 있는 낡은 공중전화 부스에 들어서니, 한때는 이곳에서 수많은 사람들이 울고 웃으며 전화를 걸었겠구나 싶다. 금속 수화기의 묵직한 감촉은 철마를 기다리던 시간과 겹쳐진다. 기다림 속에서 누군가는 약속을 했고, 누군가는 이별을 전했다. 철은 언제나 그 자리를 지키며 인간의 사연을 품어왔다.

차창 옆에 앉아 출발을 기다린다. 철로 위를 스치는 바람이 창문 틈새로 스며든다. 출발을 알리는 짧은 기적 소리와 함께, 차체가 조금 흔들리고 철마는 천천히 앞으로 나아간다. 그 순간, 나도 함께 달리고 싶다는 충동을 느낀다. 단단한 레일 위에서 몸을 흔드는 철마는 인간의 발걸음을 대신해 더 멀리, 더 빠르게 나아간다.

기차는 산을 끼고 강을 따라 달린다. 철길 곁으로 흐르는 물줄기, 구름 사이로 드러나는 푸른 하늘, 그리고 굽이도는 언덕. 철마가 달리고 싶어 하는 이유는 어쩌면 이 풍경 속에 있을지도 모른다. 끝없이 이어진 세상의 얼굴을 더 많이 보고, 더 많이 품기 위해 달리는 것이 아닐까.

옆자리에 앉은 이들은 저마다의 표정을 지니고 있다. 누군가는 피곤한 듯 눈을 감고, 누군가는 창밖을 향해 미소를 짓는다. 기차는 이 모든 표정을 싣고 달린다. 철마가 달리고 싶어 하는 까닭은 단순히 길 위에 있기 때문만은 아니다. 그 안에서 살아가는 사람들의 이야기를 함께 나르기 때문이다.

바퀴와 레일이 부딪히는 '덜컹' 소리는 삶의 박자이자 여정의 리듬이다. 반복되는 울림 속에서 우리는 '가는 길'과 '돌아오는 길'을 동시에 느낀다. 철마의 달림은 인간의 시간과 호흡을 맞추는 행위다.

굽이진 산맥을 끊임없이 넘어간다. 터널을 지날 때면 잠시 암흑 속에 갇히지만, 곧 눈부신 빛을 뚫고 나온다. 마치 인생이 그러하듯, 어둠과 빛은 교차하며 우리의 여정을 풍성하게 만든다. 철마의 달리고자 하는 마음은 결국 빛을 향한 본능일 것이다.

철마가 달리고 싶어 하는 진짜 이유는 무엇일까. 단순히 힘이 남아 있기 때문일까, 아니면 멈추면 존재의 의미를 잃어버리기 때문일까. 철마에게 달림은 곧 존재의 방식이다. 인간이 숨을 쉬듯, 철마는 달려야만 살아 있다.

기차는 마침내 목적지에 닿는다. 그러나 그 끝은 또 다른 시작이다. 플랫폼에 내려서는 사람들은 각자의 이야기를 품고 새로운 길을 향해 나아간다. 철마는 다시 방향을 바꿔 달릴 준비를 한다. 달리고 싶다는 철마의 마음은 결코 멈추지 않는다.

플랫폼에 다시 홀로 서니, 철길은 두 줄기 선으로 멀리 이어져 있었다. 삶이란 멈춤이 아니라 끊임없는 여정임을,

철마는 묵묵히 가르쳐 준다. 기차가 떠난 뒤에도 긴 여운이
플랫폼 위에 남는다. 그것은 달리고 싶은 철마의 숨결이자,
달리고 싶은 나의 마음이었다.

2부

바람이
스치는는
곳

마음을 접어 넣은 우체통

가을빛이 짙게 물든 언덕 위, 보랏빛 꽃밭 한가운데 놓인 작은 우체통 앞에 멈춰 선다. '별바람언덕 느린 우체통' 이라는 이름처럼, 오늘 내가 넣는 편지는 1년 뒤에 도착한다고 적혀 있다. 세상은 모든 것을 빠르게 요구하지만, 이 우체통만은 느림을 강요한다. 아니, 기다림의 의미를 되새기게 한다. 나는 그 앞에서 잠시 숨을 고르고, 오래전부터 쓰지 못한 편지 한 장을 꺼내어 본다. 그것은 다름 아닌, 옛 친구에게 띄우는 마음의 글이었다.

친구야, 너의 이름을 불러본 게 얼마 만일까. 바쁘게 흘러가는 세상 속에서, 이름조차 입술 위에서 잊힐 뻔했다. 그러나 꽃향기가 짙은 이 가을, 문득 네가 떠올랐다. 붉은 단풍잎처럼, 낡은 사진처럼, 마음 한구석에 늘 자리 잡고 있던 너였다.

예전 같으면 손편지를 쓰고 우표를 붙였겠지만, 이제는 휴대폰 속 빠른 메시지에 익숙해진 시대다. 하지만 오늘만은, 이 '느린 우체통' 앞에서 예전의 방식을 흉내 내고 싶다. 한 글자 한 글자에 마음을 담아, 너에게 전하고 싶은 이야기들을 적어 내려간다.

기억하니? 우리가 함께 걷던 오래된 골목길을. 가을이면 늘 은행잎이 노랗게 쏟아져, 마치 금빛 물결 위를 걷는 듯했지. 바람에 흩날리는 낙엽을 밟으며, 우리는 꿈과 미래를 이야기했다.

너는 늘 언젠가 꼭 하고 싶은 일이 있다고 말했는데, 그때마다 진지하게 듣지 못했던 것 같다. 이제 와 돌아보니, 그 말들 하나하나가 네 삶을 지탱하는 뿌리였음을 알겠다. 나는 너의 열정을 가볍게 웃어넘기며, 함께 있어 준 것만으로 충분하다 생각했으니, 그때의 미숙함이 새삼 미안해진다.

시간은 우리를 서로 다른 길 위에 세워 놓았다. 일상의 굴레 속에서 바쁘게 살았고, 너는 네가 꿈꾸던 세상으로 나아갔다. 어느 날부터 연락이 뜸해지고, 서로의 근황은 바람결처럼 흘러가 버렸다.

하지만 묘한 것은, 아무리 떨어져 있어도 마음의 끈은 쉽게 끊어지지 않는다는 것이다. 문득 하늘의 노을을 볼 때, 혹은 가을꽃이 핀 길을 지날 때, 나는 네가 보고 싶었다. 그리움이란 결국 마음속에 살아 숨 쉬는 또 다른 시간일지도 모른다.

친구야, 지금 이 편지를 우체통에 넣으며 네게 고백한다. 가끔은 네가 그립다고, 또 네가 잘 지내길 바란다고. 세월이 우리를 멀리 두었을지라도, 마음만은 여전히 예전의 자리에서 널 기다리고 있다고.

만약 이 편지가 1년 후 너의 손에 닿을 때, 우리는 어떤 모습으로 살아 있을까. 더 늙은 얼굴로, 더 무거운 짐을 짊어진 채 하루를 보내고 있을지도 모른다. 그러나 변하지 않을 것이 있다면, 바로 이 마음이다. 친구를 향한 순수한 그리움, 그것만은 시간도 앗아가지 못할 것이다.

이 느린 우체통은 내게 빠름 속에서 잊히는 것이 아닌, 느림 속에서 되살아나는 기억의 가치를 가르쳐 주었다. 기다림은 곧 사랑이고, 그리움은 곧 마음의 증거다.

우체통을 닫으며 속으로 다짐한다. 언젠가 다시 너를 만나면, 미루지 않고 내 마음을 전하리라고. 웃음으로, 혹은 눈물로, 그 모든 것을 솔직히 말하고 싶다.

친구야, 가을 하늘이 높다. 그 하늘만큼이나 널 향한 내 그리움도 깊다. 바람이 전해 주는 소식처럼, 꽃잎이 흘리는 향기처럼, 이 편지가 네게 닿기를 바란다.

　별빛 가득한 언덕의 느린 우체통 앞에서, 오랜만에 네 이름을 불렀다. 그리고 내 마음을 접어 넣었다. 부디, 1년 뒤의 너와 내가 다시 이어지는 작은 다리가 되어 주기를 바란다.

가을을 사랑합니다

가을 햇살이 점점 깊어지고 있습니다. 며칠 전까지만 해도 푸른빛을 머금고 있던 감나무의 잎사귀들이 서서히 빛깔을 달리하며, 가지마다 매달린 감들이 서서히 빛을 머금어 갑니다. 아직은 연둣빛을 띠고 있지만, 저 속에서 붉고 단단한 열매의 기운이 자라나고 있음을 나는 압니다.

마당 한편, 빨간 우체통 옆에 서서 올려다보던 감나무, 그 우체통에는 한때 우리의 웃음과 안부가 담긴 편지가 들어 있었지요. 종이 위에 꾹꾹 눌러쓴 글자들이 누군가의 마음을 향해 건너가던 시절, 그 우체통은 사랑의 나무처럼 소중한 매개체였습니다. 지금은 세월이 흘러 그 기억을 잊을 법도 한데, 오늘 아침 나무에 달린 감들을 바라보는 순간 그대에게 편지를 쓰고 싶어졌습니다.

감이라는 열매는 참으로 묘합니다. 여름 내내 바람과 햇살을 견뎌내며 푸른빛을 머금고 있다가, 가을이 오면 어느새 자신의 빛깔을 바꾸어 세상에 내어놓습니다. 아직 설익은 초록빛 감은 쓴맛을 품고 있지만, 시간이 더해지고 기다림이 겹쳐질수록 단맛을 간직하게 됩니다. 사람의 마음도 그렇지 않을까요. 우리도 수많은 계절의 고비를 지나며, 설익은 감정의 떫음 속에서 단맛을 길러온 것이 아닐까 싶습니다.

그대, 나는 종종 삶을 감나무에 빗대어 생각합니다. 봄날 어린 싹처럼 연약했던 시절이 있었고, 여름날 뜨거운 햇볕 아래 땀 흘리며 성장하던 순간이 있었습니다. 그리고 지금은 가을의 문턱에 들어선 듯, 내 삶에도 무언가 무르익어 가는 시간이 찾아왔습니다. 하지만 아직은 덜 여문 빛깔, 조금은 서투른 마음으로 세상을 바라보며 기다리고 있습니다. 이 기다림 속에서, 언젠가 그대에게 단맛 같은 삶의 한 조각을 전할 수 있기를 바라고 있습니다.

우편함에 쌓여가는 낡은 편지들을 정리하다 보면, 문득 그대의 글씨가 눈앞에 아른거립니다. 그 글씨는 늘 서툴고도 따뜻했지요. 마치 오늘 나무에 달린 감처럼, 다 익지 않아도 마음을 건드리는 무언가가 있었습니다. 세상은 점점 더 빠르게 돌아가지만, 나는 여전히 그 느린 편지의 속도를 사랑합니다. 감이 익어 가는 시간을 기다리듯, 천천히 스며드는 기다림 속에서 우리는 마음의 단맛을 배우니까요.

그대, 혹시 오늘 저 하늘을 올려다보셨나요? 햇살이 잎새 사이로 스며드는 빛의 무늬가 참으로 고요합니다. 바람에 살짝 흔들리는 가지마다 달린 감이 아직은 덜 여물었으나, 그 속에 숨은 약속을 지니고 있는 듯 보입니다. 나는 그 약속을 믿습니다. 시간이 조금 더 흐르면, 그 감들이 어느새 단풍잎처럼 붉게 익어 겨울 문턱에 서 있는 우리에게 달콤한 선물이 되어줄 것임을요.

그대와 나의 시간도 그러하리라 생각합니다. 지금은 아직 떫고, 어쩌면 서툴고, 때로는 오해와 침묵 속에서 멈추어 있더라도, 결국은 기다림 끝에 단맛을 품게 되리라는 것을 말입니다. 세월은 모든 것을 무르익게 하고, 사랑은 그 무르익음 속에서 더 깊어지는 법이 아닐까요. 오늘은 굳이 전화를 걸지 않고, 이렇게 편지를 쓰는 것으로 대신합니다. 언젠가 그대가 이 글을 읽으며, 우체통 앞에 서 있던 나의 모습을 떠올려 주길 바랍니다. 가을 햇살을 받으며 올려다본 감나무의 풍경이, 그대의 마음에도 고요히 스며들기를 바랍니다.

- 감이 익어가는 빨간 우체통 앞에서

계절은 모두에게 공평하다

가을의 길목에 들어서면 시간은 다르게 흐른다. 여름의 뜨거움은 조금씩 물러나고, 바람은 한층 서늘하다. 길가에 흩어진 낙엽은 계절의 경계를 알려주는 이정표처럼 발아래 쌓인다. 나는 벤치에 앉아 길을 바라본다. 길은 끝없이 이어지지만 그 길의 의미는 계절마다 다르게 다가온다.

가로수는 오랜 세월 같은 자리에 서서 사계절을 맞는다. 봄에는 연둣빛을 내고 여름에는 짙은 그늘을 드리운다. 겨울에는 텅 빈 가지가 외롭다. 나무의 삶도 사람의 삶과 다르지 않다. 화려할 때도 있고, 비워낼 때도 있으며, 때로는 아무것도 남지 않은 듯한 시간도 있다. 그러나 그 모든 순간이 한 생의 일부라는 점에서 귀하다.

땅 위에 흩어진 낙엽을 바라본다. 낙엽은 봄부터 여름까지 햇살을 모아내던 생의 기록이자, 나무가 자신을 위해 비워낸 결과물이다. 낙엽은 떠남을 통해 뿌리를 지킨다. 버림이 곧 보존이라는 이 역설은 우리에게도 깊은 울림을 준다. 무엇을 붙잡을 것인가보다, 무엇을 내려놓을 수 있는가가 삶의 무게를 결정한다.

길가에서 보랏빛 양산을 펼친다. 햇살은 나뭇잎 사이를 비집고 들어와 그림자를 흩뿌린다. 잠시 멈춰 앉은 이 순간 달려가는 것만이 전부가 아니라고 삶이 내게 속삭인다. 멈춰야 비로소 보이는 풍경이 있고, 앉아야 들리는 바람의 노래가 있다.

가을은 존재의 본질을 묻는다. 꽃이 만개하는 봄에는 생명력이 앞을 이끌고, 여름의 장대함은 우리를 도취하게 만든다. 그러나 가을은 잎이 떨어지고 열매가 맺히며, 또 한 해의 기록을 완성한다. 사람도 계절처럼 남기는 무언가가 있어야 한다. 그것이 추억이든 사랑이든 혹은 작은 발자국이든 말이다.

가을의 길목은 인생의 한 시점과 닮아 있다. 더 이상 젊음의 불꽃처럼 타오르지 않지만, 그렇다고 소멸한 것도 아니다. 깊어진 무게와 농익은 향기가 있다. 계절은 자연의 일이지만 스스로 깨닫는 순간에 찾아온다. 나의 인생도 지금 가을의 길목에서 서성이고 있다.

삶은 언제나 비움과 채움의 반복이다. 가을은 나무가 잎을 비우는 계절이지만, 그 비움은 곧 겨울을 견디는 힘이 된다. 사람도 채우는 것만으로는 살 수 없다. 비워야 다시 채울 수 있다. 내 마음에 오래 붙들어 둔 것들을 떠올린다. 미련, 후회, 지나간 시간들, 그것을 놓아야 새로운 계절이 온다.

멀리서 천천히 걸어오는 이들의 발걸음을 바라본다. 그들은 각자의 이야기를 안고 이 길을 지난다. 삶의 길목은 누구나 다르지만, 계절은 모두에게 공평하다. 봄을 지나 여름을 거쳐, 누구도 예외 없이 가을을 맞는다. 이 진실은 어쩌면 우리가 서로를 이해할 수 있는 가장 큰 근거일지도 모른다. 나는 가을이 오는 길목에서 큰 선물을 받았다. 특별한 물건이 아니라 계절이 전해준 깨달음이다. 멈춤이 곧 성찰이고, 비움이 곧 채움이다.

조용한 약속

햇살이 기울며 바람이 부드럽게 스친다. 들판에 서 있는 강아지풀은 작은 몸짓으로 계절의 속삭임을 전한다. 여름의 뜨거움을 다 품고도 여전히 싱그러움을 잃지 않은 풀잎 사이에서, 세상은 이미 가을을 준비하고 있다. 꽃이 아닌 풀 한 포기에도 빛은 머물고, 바람은 길을 내어 준다. 그 속에서 나는 계절의 문턱에 선 듯한 마음을 느낀다.

강아지풀은 비단결처럼 반짝이는 털빛을 가지고 있다. 가까이 다가가 바라보면, 투명한 빛이 이삭마다 매달려 작은 우주를 이루는 듯하다. 소박하지만 가장 자연스러운 장식이다. 화려한 꽃보다 더 진솔하게, 사람의 마음을 붙잡는 힘은 이런 평범함 속에서 비롯된다.

풀잎은 결코 강하지 않다. 하지만 바람 앞에서 꺾이지 않는다. 고개를 숙이고 흔들리면서도 결국 다시 제자리를 찾는다. 그 모습을 오래도록 마음에 새긴다. 우리 삶도 그러해야 하지 않을까. 세상의 바람은 끊임없이 불어오지만, 끝내 살아남는 것은 뿌리를 지닌 존재들이다.

들판 한편에 보랏빛 꽃이 피어 있었다. 작은 국화꽃 같은 얼굴은 초라하지 않고 오히려 고결했다. 바람 속에서도 의연히 피어난 그 모습에서 가을의 본질을 읽는다. 화려하지 않지만 오래도록 마음에 남는 것, 바로 그것이 가을의 빛깔이다.

꽃을 바라보는 내 눈에도 세월의 빛깔이 배어 있다. 젊음의 봄이 지나고, 뜨겁던 여름을 건너 이제 가을에 서 있다. 나를 스치는 계절은 곧 내 안의 시간이다. 꽃잎이 지고 다시 피듯, 인간의 삶도 흘러가며 새롭게 태어난다.

숲은 언제나 변함없이 사람을 품는다. 그 안에서 나는 스스로가 한 송이 들꽃이자, 한 줄기 풀잎임을 깨닫는다. 나를 특별하게 만드는 것은 화려한 빛깔이 아니라 바람을 견디며 이 자리에 서 있다는 사실이다.

숲길에 서서 웃음을 지었다. 보랏빛 옷자락이 계절과 어울리고, 햇살이 얼굴 위로 흘렀다. 그 순간 나는 알았다. 가을의 속삭임은 언어가 아니라 표정 속에서 피어난다는 것을. 삶이 힘겨운 날에도 미소 한 번으로 가을은 우리 마음속에 찾아온다.

사람은 무게를 지고 살아간다. 그러나 풀잎을 보면 그 무게조차도 결국 바람에 흔들리는 한순간임을 안다. 무거움을 내려놓고 가벼움으로 살아갈 때, 우리는 비로소 계절의 속삭임을 들을 수 있다.

가을은 우리에게 충분히 잘 살아왔다고 말한다. 여름의 뜨거운 날들을 버티고, 봄의 설레임을 지나 여기까지 왔다는 사실만으로도 충분하다고. 위로는 그리 멀리 있지 않다. 풀빛 사이, 보랏빛 꽃잎 사이, 그리고 나의 걸음 사이에 머물러 있다.

가을의 속삭임은 끝이 아니다. 그것은 다음을 향한 예고다. 겨울의 침묵을 지나 다시 봄이 올 것을 믿게 만드는 조용한 약속이다. 그래서 오늘 이 들판에서 속삭임을 듣는다. 내 삶을 견디게 하는 목소리이자, 또 다른 시작을 부르는 노래다.

함께 피어나는 시간

가을의 햇살이 부드럽게 내려앉은 오후, 꽃길을 걷는다. 길 위에는 주황빛 코스모스가 바람에 흔들리고, 그 사이로 나비 한 마리가 날아든다. 햇살은 꽃잎 위에 머물다 내 어깨로 옮겨와 따뜻한 인사를 건넨다. 그 순간, 문득 생각한다.

'이 길은 어디로 가는 걸까?'

아니, 어쩌면 길이 목적이 아니라, '길 위에서 내가 어떤 마음으로 걷는가' 가 더 중요한지도 모른다.

사람들은 흔히 꽃길만 걷자고 말한다. 그러나 꽃길이란, 단순히 예쁘고 편한 길만을 뜻하지 않는다. 꽃이 피기까지의 시간에는 반드시 기다림과 인내가 있었다. 겨울의 추위, 바람의 상처, 그리고 봄의 눈물 같은 비를 견디며 피어난 것이 바로 꽃이다. 꽃밭 사이를 천천히 걸으며 그 사실을 깨닫는다. 지금 내 발 아래에 깔린 이 아름다움은, 누군가의 손길과 땀, 그리고 자연의 오랜 기다림이 만들어 낸 기적이다. 마치 인생과도 같다. 우리의 삶도 언젠가 꽃처럼 피어나기 위해 수많은 겨울을 견디지 않았던가.

길을 걷다 보면 꽃보다 먼저 보이는 게 흙이다. 꽃은 화려하지만, 그 뿌리는 언제나 땅속 어둠 속에 있다. 그 겸손한 존재가 꽃을 지탱한다. 그것이 자연의 진리요, 인생의 철학이다. 우리는 종종 겉모습의 화려함만을 좇으며 살아간다. 그러나 진정한 아름다움은 눈에 보이지 않는 자리에서 피어난다. 말 한마디의 온기, 조용한 배려, 이름 없는 희생 속에 인생의 향기가 깃든다.

꽃길을 걷는다는 것은 그런 겸손한 마음으로 세상을 바라보는 일이다. 바람은 꽃잎을 스치며 지나간 계절을 붙잡지 말고, 다음 계절을 맞이하라고 속삭인다.

그 말에 걸음을 멈춘다. 그래, 인생도 그러하지 않은가. 우리의 하루하루는 피었다 지는 꽃처럼 아름답되 영원하지 않다. 그러니 지금 이 순간, 이 꽃의 색, 바람의 결, 햇살의 온도를 온몸으로 느껴야 한다. 손을 뻗어 하늘을 향해 웃는다. 그 미소 속에 지난날의 슬픔이 녹아내리고, 남은 생의 희망이 서서히 피어난다.

꽃길에는 나 혼자가 아니다. 누군가는 팔짱을 끼고, 누군가는 손을 잡고 걷는다. 어머니의 느린 발걸음, 연인의 웃음, 어린아이의 호기심이 길 위에 흩어진다. 그 모습이 한 폭의 그림 같다. 꽃길은 혼자 걸을 때도 아름답지만, 누군가와 함께 걸을 때 비로소 그 의미가 깊어진다. 인생이란 결국 함께 피어나는 시간이 아닐까.

누군가의 기쁨을 함께 기뻐하고, 누군가의 슬픔에 조용히 어깨를 내어주는 일, 그것이 꽃처럼 피어난 사람의 따뜻함이다.

잠시 걸음을 멈추고 뒤돌아본다. 아까 지나온 길에도, 내가 미처 보지 못한 수많은 꽃들이 피어 있었다. 그제야 깨닫는다. 행복은 멀리 있는 게 아니었다. 그저 내가 보지 않았을 뿐이었다. 삶의 어느 순간이든, 발끝 가까이에 작은 꽃 한 송이는 늘 피어 있었다. 우리는 너무 먼 미래의 행복을 좇느라 오늘의 햇살과 바람을 잊곤 한다. 그러나 진정한 행복은 기다림의 끝이 아니라, 지금 이 순간의 감사와 깨달음 속에 있다.

길의 끝에서 나는 벤치에 앉는다. 주황빛 코스모스가 파도처럼 흔들린다. 바람이 내 머리카락을 스치고, 해질녘 노을이 내 마음을 감싼다. 그 순간, 문득 이런 생각이 든다.

'꽃길은 결국, 나 자신을 닮은 길이구나.'

수많은 상처를 딛고 여기까지 온 나, 넘어져도 다시 피어나기를 포기하지 않았던 나. 꽃길의 매 순간이 나의 이야기였음을 깨닫는다.

꽃길은 계절이 끝나면 사라진다. 하지만 그 길에서 받은 향기와 빛은 마음속에 오래 남는다. 오늘 이 길을 걸으며 다시 다짐한다. 계절이 바뀌어도, 내 안의 봄만은 지켜내자고. 삶이 고단할 때마다 오늘의 꽃길을 떠올릴 것이다. 바람에 흔들리면서도 꺾이지 않는 꽃들의 모습을. 그 작은 용기와 인내가 내 삶의 희망이 되어줄 것이다. 그래서 다시 한번 웃는다. 오늘 나는, 꽃길을 걷는다. 비록 짧은 길일지라도 그 길 위에 사랑과 감사, 그리고 배움이 피어 있음을 알기에 매일 새 마음으로 다시 걷는다.

나도 꽃이고 싶다

한 송이 꽃이 바람에 흔들린다. 붉디붉은 양귀비.

그 붉음은 피의 색이 아니다. 살아내려는 심장의 고동이요, 찰나마다 불타는 생의 열정이다. 가녀린 줄기 위에 매달린 작은 꽃잎 하나가, 세상의 모든 시선을 끌어당긴다. 바람이 불어오면 쉽게 꺾일 듯 아슬아슬하지만, 그 불안 속에서도 꽃은 자기 빛깔을 온전히 피워낸다. 나도, 양귀비이고 싶다.

양귀비는 화려한 꽃밭의 주인공이 아니다. 장미의 고고함이나 백합의 우아함과는 다르다. 그저 들녘 한 모퉁이에서 붉은 얼굴을 내민다. 하지만 그 순간, 풍경 전체가 달라진다. 나 또한 소박한 하루 한편에 피어난 작은 존재일 뿐이다.

그러나 내가 오늘 온 마음을 다해 살아낸다면, 미소 하나, 말한마디가 누군가의 세상을 바꿀 수 있지 않을까.

양귀비는 흔히 '아편꽃'이라 불리며, 아픔과 치유, 유혹과 위험을 동시에 상징한다. 그 속에는 인간이 오래도록 감추고 싶었던 욕망과 고통이 함께 담겨 있다.

그 이중성을 오래 바라본다. 우리의 삶도 그러하지 않은가. 웃음 속에 눈물이 숨어 있고, 성공의 길목에는 수많은 좌절이 뿌리 내린다. 내가 양귀비라면, 나의 상처 또한 꽃잎이 되어 세상에 드러나야 한다. 감추려 애쓸수록 진실은 메말라 가고, 드러낼수록 치유의 빛은 가까이 온다.

양귀비는 언제나 흔들린다. 바람 한 줄기에도, 빗방울 하나에도. 그러나 그 흔들림이 곧 존재의 방식이다.

나는 오래도록 흔들림을 부끄러워했다. 남들처럼 곧게 서지 못하는 나를 자책했다. 그러나 이제는 안다. 흔들림은 나약함이 아니라 살아 있다는 증거임을. 바람이 없다면 꽃은 춤출 수도 없다.

양귀비처럼 붉고 싶다. 그러나 그 붉음이 단지 화려함에 머무르지 않고, 내 안의 뜨거운 진심으로 번져가길 바란다. 나는 양귀비처럼 흔들리고 싶다. 그러나 그 흔들림이 결코 쓰러짐이 아니라, 다시 일어서는 생의 춤사위가 되길 바란다. 양귀비처럼 짧고도 강렬하게 피고 싶다. 언젠가 지더라도, 오늘 하루의 햇살을 정직하게 마주하며 나의 빛깔을 남기고 싶다.

이 자리에 함께한 당신, 혹시 마음 깊은 곳에 감추어 둔 꽃잎 하나 있지 않은가. 누구에게도 보이지 않으려 감싸쥔, 그러나 언젠가는 피워내야 할 그 꽃, 그 꽃이 바로 당신의 양귀비다. 우리는 모두 제각각의 양귀비를 품고 있다. 그 꽃이 피어나야 세상은 조금 더 붉고 따뜻해진다.

오늘 이 무대 위에서 고백한다. 나도 양귀비가 되겠다고. 흔들리되 꺾이지 않고, 화려하되 진실하며, 짧을지라도 뜨겁게 살아내겠다고. 그리고 이 고백을 듣는 당신에게도 묻는다. 당신의 가슴에는 어떤 양귀비가 피어 있는가. 그 꽃을 외면하지 말고, 부끄러워하지 말고, 오늘 이 순간, 용기 내어 피워내길 바란다.

나도 양귀비.

이 짧은 문장 속에는 삶을 향한 뜨거운 선언이 담겨 있다. 나는 오늘도, 내일도, 그렇게 피어나고 싶다.

당신 또한, 당신의 빛깔로.

물안개 피는 언덕

아침 기차 창가에 앉아 창문 너머를 바라본다. 유리창에
는 빗방울이 길을 만들고, 그 너머로 안개가 천천히 산을 덮
고 있다. 흐릿한 윤곽 속에서 산의 능선이 숨 쉬고, 마을의
지붕이 희미하게 젖어든다. 그 풍경은 마치 한 폭의 수묵화
같다.

물안개는 바람이 아닌 숨결로 피어난다. 밤새 식은 공기
와 따스한 땅의 온도 차가 빚어낸 생명의 숨이다. 우리의 삶
도 그런 온도 차 속에서 피어난다. 차가운 현실과 따뜻한 마
음이 부딪히며 생겨나는, 희미하지만 아름다운 존재의 흔적
이다. 그 안개를 바라보며, 보이지 않음의 아름다움을 배운
다. 세상은 늘 선명한 것을 원하지만, 진정한 아름다움은 늘

반쯤 가려져 있다.

보이지 않기에 더 깊고, 닿지 않기에 더 그리운 법이다.

안개는 모든 경계를 흐리게 하며, 나와 세상을 부드럽게 이어준다.

언덕 위로 올라가면 소리가 줄어든다. 새소리도, 사람의 발소리도, 세상의 소음도 안개 속으로 스며든다. 침묵이란 단지 아무 말이 없는 상태가 아니다. 그것은 내면의 소리가 들리기 시작하는 시간이다. 언덕 위에 서서 숨을 고른다. 한 줄기 바람이 스치고, 그 바람에 내 마음의 먼지가 조금씩 걷힌다. 삶의 무게에 눌린 시간들이 이슬처럼 떨어져 나간다. 그제야 깨닫는다. 때로는 멈추는 것이 걷는 것보다 더 멀리 가는 일임을.

안개는 세상을 흐리게 하지만 내 마음은 오히려 선명해진다. 선명함이란 눈으로 보는 것이 아니라 마음으로 느끼는 것이다. 나는 안개 속에서 진실을 본다. 그것은 완벽하지 않아도 있는 그대로를 받아들이는 마음이다. 사람은 누구나 자기 안에 안개를 품고 산다. 그 안개는 불안이기도 하고, 상처이기도 하다. 하지만 그 안개 덕분에 우리는 서로의 마음을 함부로 판단하지 않는다. 그것이 인간다움의 시작이다.

언덕 아래로 작은 마을이 보인다. 초가지붕 위로 연기가 피어오르고, 논 사이로 빗물이 고인다. 그 풍경이 어쩐지 그리움의 온도를 닮았다. 멀리 있지만 익숙하고, 낯설지만 따뜻한 감정이다. 어린 시절 새벽길에 본 안개를 떠올린다. 학교 가던 골목길, 개울 위로 피어오르던 하얀 김. 그 속에서 세상이 얼마나 넓고 신비로워 보였는지. 그때의 나는 두려움보다 설렘으로 세상을 바라보았다. 이제는 그때의 안개처럼 세상 속에서 천천히 피어오르는 마음이 되고 싶다.

물안개는 모든 것을 덮지만 숨기지는 않는다. 그 아래에는 여전히 산이 있고, 마을이 있고, 길이 있다. 가끔 인생도 안개 속을 걷는 듯 답답할 때가 있다. 앞이 보이지 않아 불안하고, 어디로 가야 할지 모를 때. 그러나 그때마다 자연은 이렇게 말하는 듯하다.

'조급해하지 마라. 안개는 결국 걷힌다.'

그 한마디가 내 마음을 다독인다. 진정한 평안은 선명함이 아니라, 흐림을 견디는 데서 온다.

안개는 모든 것을 하나로 감싼다. 산도, 나무도, 사람도 모두 같은 색으로 녹여낸다. 그 속에서는 높고 낮음이 없고, 귀하고 천함이 없다. 모두가 같은 존재로, 같은 세상의 숨결로 이어진다. 그 안개 속에서 평등이라는 단어를 떠올린다. 자연은 한 번도 차별하지 않았다. 햇살은 모두에게 내리고, 안개는 누구에게나 깃든다. 그 단순한 진리를 우리는 너무 자주 잊고 산다.

시간이 흐르자 안개가 천천히 흩어진다. 산의 윤곽이 드러나고, 나뭇잎이 빗물을 털어낸다. 짧은 순간이었지만, 그 속에는 오래 남을 여운이 있었다. 사라짐이 곧 끝이 아니라 또 다른 시작임을 알게 했다. 안개가 걷히자 풍경은 더 깊어졌다. 보이지 않던 것들이 드러나면서 세상은 이전보다 투명해졌다. 삶도 그렇다. 한때 우리를 가렸던 슬픔이 걷히면, 마음은 더 단단해지고 맑아진다. 그것이 물안개가 남긴 철학이다.

기차는 여전히 달리고, 창밖 풍경은 천천히 뒤로 물러난다. 창문에 비친 내 얼굴 위로 안개가 비치고, 빗물이 흐른다. 그 속에서 조금은 달라진 나를 본다. 이제는 흐림 속에서도 길을 찾을 수 있을 것 같다. 보이지 않아도 존재를 믿는 마음, 그 마음 하나면 충분하다. 물안개 피는 언덕 위에서 다시 배운다. 진정한 빛은 언제나 안개의 뒤에 숨어 있다는 것을.

조금은 가볍게, 조금은 무던하게

뜨겁게 달궈진 여름의 땅 위에 어느새 차가운 바람이 불어온다. 숲은 금빛으로 물들고, 들판에는 코스모스와 구절초가 바람결에 흔들린다. 붉은 잠자리가 연꽃잎에 내려앉아 유난히 투명한 날개를 떨고 있는 모습을 바라보며 '가을이 왔구나.' 하고 느낀다. 가을은 우리 곁에 매년 찾아오는 손님이지만, 늘 새롭고 낯설게 다가온다. 어쩌면 그 낯섦이 우리를 사색으로 이끄는지도 모른다.

'조금은 가볍게 살자. 사소한 일들에 예민하게 반응하지 말고, 조금은 무던하게 지나갈 줄 아는 사람이 되어야 한다.'

가을은 나에게 이 말을 다시 새기게 한다. 화려하게 피었다가도 금세 바람에 흩날리는 꽃잎처럼, 우리 일상도 무수한 순간들로 흘러가고 사라진다. 모든 것에 매달릴 수 없기에 내려놓는 법을 배워야 한다. 가을 바람은 집착을 비우고 마음을 가볍게 하라고 속삭이는 듯하다.

강물 위로 구름이 흘러가고, 그 사이로 파란 하늘이 드러난다. 산과 산 사이, 물길 위로 솟아오른 분수는 잠시 하늘을 찌르는 듯하다가 금세 물안개로 흩어진다. 그 광경을 바라보며, 인생 또한 분수처럼 찰나의 빛을 뿜어내다가 사라지는 게 아닐까 생각한다. 하지만 그 순간이 짧다고 해서 의미 없는 것은 아니다. 순간의 빛이 있기에 어둠 속 기억은 더욱 선명하다.

해가 기울고, 하늘은 붉고 보랏빛으로 물든다. 하루의 끝에 만나는 저녁놀은 늘 같은 듯하지만 다르다. 어제의 하늘과 오늘의 하늘이 같을 수 없듯, 우리의 하루도 그렇다. 나는 붉게 타오르는 구름 속에서 위로를 받는다.

'오늘 하루도 잘 버텼구나.'

가을의 저녁놀은 그렇게 조용히 나를 다독인다.

공원 한편에는 흰 의자와 파라솔이 텅 빈 채 서 있다. 사람들은 저마다의 일상으로 흩어지고, 빈 자리는 잠시 쓸쓸함을 담는다. 그러나 바람이 곧 그 자리를 채운다. 바람이 흔드는 풀잎과 나무 소리는 사람들의 대화처럼 느껴진다. 가을의 바람은 단순한 공기의 흐름이 아니라 세상과 마음을 이어주는 다리다. 그 바람에 귀 기울이며, 내 안의 조용한 이야기를 꺼내본다.

분홍빛 핑크뮬리가 펼쳐진 들판에서 한 여인이 웃고 있다. 그 옆에는 장난스럽게 그려진 빨간 잠자리가 함께한다. 사람의 웃음은 꽃보다 오래 남는다. 가을 풍경 속에 번지는 미소는 또 하나의 풍경이 되어 우리를 따뜻하게 만든다. 삶은 늘 무겁지 않다. 때로는 이런 가벼운 웃음이, 우리를 살아가게 하는 가장 큰 힘이 된다.

길을 가다가 만난 핑크뮬리의 물결은 해 질 무렵 더 깊은 빛을 낸다. 바람에 흔들리며 살아 있는 듯 춤추는 분홍빛 풀숲을 걸으며 인생의 길을 떠올린다. 희미하게 빛나고 흔들리지만 그 길에는 나만의 색깔이 있다. 누군가는 그것을 스쳐 지나가고 누군가는 멈춰 서서 그 빛을 오래 바라본다.

집으로 가는 길에 만난 호수는 고요하다. 푸른 하늘과 산이 물 위에 그대로 비친다. 그 물결에 흔들리는 내 얼굴을 바라본다. 세월이 흘러도, 호수는 언제나 나를 비춘다. 그러나 매번 다른 나를 보여준다. 이것이 가을이 주는 또 하나의 선물이다.

'너는 어제와 같지 않다. 오늘의 너를 사랑하라.'
호수의 거울은 그렇게 말해주는 듯하다.

가을은 단순히 계절의 이름이 아니다. 사색의 계절이며, 우리 삶을 돌아보게 하는 노래다. 잠자리의 날갯짓, 붉은 노을, 호수의 고요, 분홍빛 들판, 그리고 꽃의 미소까지. 모든 풍경이 하나의 악보가 되어 우리의 마음속에 잔잔한 곡을 연주한다.

오늘, 가을의 노래를 들으며 스스로에게 속삭인다. 조금은 가볍게, 조금은 무던하게, 그러나 늘 깊게 사랑하며 살아가자고.

왕벚꽃 필 무렵

봄은 언제나 약속처럼 찾아오지만, 매년 그 모양은 다르
다. 올해의 봄은 유난히 늦게 온 듯했고, 그 기다림만큼 꽃은
더 짙고 고왔다. 왕벚꽃이 만개한 길가에는 바람이 불 때마
다 분홍의 물결이 일었다. 꽃잎이 흩날리는 순간, 내 마음도
함께 흔들렸다. 왕벚꽃은 벚꽃 중에서도 유난히 풍성하다.
한 송이 안에 여러 겹의 꽃잎이 겹겹이 피어나, 그 자체로 봄
의 사치를 닮았다.

그 풍성함 속에는 한 계절을 온전히 품으려는 생의 의지
가 느껴진다. 그 앞에서 잠시 걸음을 멈추었다. 햇살에 반짝
이는 꽃잎 하나를 손끝으로 만져본다. 살짝 스치는 그 촉감
은 따스하고, 동시에 아련했다.

꽃잎을 바라보며 문득 오래전 봄날이 떠올랐다. 어머니는 늘 봄이 오면 마당 한편에 핀 꽃을 꺾어 병에 꽂곤 하셨다.

"꽃은 잠깐이야. 피어 있을 때 봐야 해."

그 말이 그땐 그저 소박한 일상의 말처럼 들렸지만, 이제는 그 안에 담긴 세월의 철학을 알 것 같다. 삶의 아름다움은 오래 머물지 않는다. 그렇기에 순간을 사랑할 줄 알아야 한다. 왕벚꽃은 화려하지만 덧없다. 며칠만 지나면 바람에 흩어져, 거리마다 분홍빛 눈보라를 만든다. 그러나 그 짧음이야말로 왕벚꽃의 존재 이유다. 길지 않기에 더 찬란하고, 덧없기에 더 소중하다. 인생도 마찬가지 아닐까. 모든 것이 영원하다면, 우리는 지금의 이 빛나는 순간을 사랑할 줄 모를지도 모른다.

꽃잎 아래서 하늘을 올려다보자 가지마다 무겁게 달린 꽃송이들이 햇살을 받아 반짝인다. 그 아래에 서 있는 나 역시 봄의 한 장면 속에 포함되어 있다. 사람도 계절처럼 흘러가고, 기억도 시간 속에서 피고 진다. 하지만 마음속의 어떤 풍경은 사라지지 않는다. 그것은 아마 '그리움'이라 불리는 꽃일 것이다.

왕벚꽃 필 무렵이 되면 나는 조금 더 부드러워진다. 사람에게, 세상에, 그리고 나 자신에게도. 꽃이 피는 동안은 미워

했던 일도 잠시 잊히고, 마음의 문이 조금 더 넓어진다. 그것이 봄의 기적이다. 누군가의 미소 하나, 햇살 한 줄기, 그리고 꽃잎 한 장이 다시 살아가게 하는 힘이 된다.

꽃잎이 내 어깨 위로 떨어진다. 그 순간, 미소가 나온다. 마치 꽃이 내게 건네는 인사 같다.

"지금, 이 순간을 기억해요."

그 말을 마음속에 담는다. 올해도, 내 삶의 어느 봄날에도 이 벚꽃처럼 따뜻하고 환하게 피어나리라. 왕벚꽃은 짧기에 더 깊고, 덧없기에 더 아름답다.

하늘로 띄우는 편지

엄마, 창밖에 바람이 선선하게 스며드는 계절입니다. 여름 내내 나무에 매달려 있던 잎사귀들이 이제는 하나둘 몸을 떨구며 작별을 준비합니다. 마치 오래된 기억을 내려놓듯이요. 저는 오늘도 엄마를 생각하며 펜을 듭니다. 이 편지가 가을 햇살처럼 엄마께 닿기를 바라면서요.

동네 골목길에 오래된 우체통이 서 있습니다. 벗겨진 페인트와 닳아버린 모서리, 그리고 그 앞에 기대어 있는 낡은 자전거가 세월의 이야기를 들려주는 듯합니다. 저 우체통에 편지를 넣으면 엄마께 곧장 닿을까요?

어린 시절, 학교에서 돌아오는 길에 엄마에게 쓰던 삐뚤빼뚤한 글씨의 편지가 생각납니다. 우체부 아저씨가 그 편지를 가져가던 순간, 제 마음도 함께 날아가 엄마에게 안기곤 했지요.

마당 담벼락 너머, 햇빛을 받아 반쯤은 푸르고 반쯤은 검게 익은 무화과가 달려 있습니다. 먼저 익은 알맹이는 깊은 색으로 무게를 더하고 있습니다. 엄마, 저도 저 무화과처럼 어떤 날은 아직 덜 여문 듯 서툴고, 또 어떤 날은 충분히 익어 세상에 내어놓을 만큼 단단하게 살아가고 있습니다.

그 옆에 석류 한 알도 가지 끝에 매달려 있습니다. 갈라지기 직전의 그 붉음은 생명의 비밀을 품고 있는 듯합니다. 엄마의 마음도 그랬지요. 저를 낳고 키우며 수없이 많은 희생과 고통을 삼키셨지만, 결국은 웃음으로 열매를 맺어내셨습니다. 그 붉음은 피와 땀, 그리고 눈물의 증거이면서 동시에 사랑의 결정체가 아니었을까요.

집 앞 골목길 감나무 가지마다 아직은 푸르스름한 감들이 대롱대롱 매달려 있습니다. 감이 익어가듯 저도 시간이 흐를수록 엄마의 사랑을 깨닫게 됩니다. 어린 시절엔 왜 그렇게 고집을 부렸을까요? 감처럼 달아지기까지, 제 마음도 긴 시간의 햇살과 바람이 필요했던 모양입니다. 엄마의 기다림이 있었기에, 저는 이제 조금씩 단맛을 품어내고 있습니다.

길가에 피어난 작은 꽃, 강렬한 주황과 붉은빛의 마리골

드가 가을 바람에 흔들립니다. 엄마, 꽃은 늘 계절을 따라 피고 지지만, 그 짧은 순간에도 자신의 빛깔을 아낌없이 내어놓습니다. 엄마도 그러셨습니다. 매 순간, 저를 위해 당신의 시간을 내어놓고, 빛과 향기를 내어주셨지요. 꽃이 흙에서 영양분을 빨아올리듯, 저는 엄마의 사랑에서 힘을 얻어 여기까지 걸어왔습니다.

엄마, 가을은 늘 손님처럼 찾아옵니다. 뜨겁던 여름의 뒤를 따라 소슬바람과 함께 들려오는 발걸음. '가을 손님'이라는 말이 왜 이렇게도 가슴을 울릴까요? 어쩌면 엄마와 저의 인연도 그렇습니다. 이 세상에 머무는 시간은 잠시지만, 그 짧은 계절에도 영원히 잊히지 않을 향기와 흔적을 남기는 것. 엄마는 제 인생의 가장 소중한 분이셨습니다.

엄마, 이 편지를 다 쓰고 나니 마음이 조금 가벼워집니다. 하지만 여전히 그리움은 남아 있네요. 가을 바람에 흩날리는 잎사귀처럼, 제 마음도 이리저리 흔들립니다. 다만 분명한 것은, 그 모든 흔들림의 중심에 언제나 엄마가 있다는 사실입니다.

이 가을, 엄마에게 다시 한번 감사와 사랑을 고백합니다. 엄마, 제가 어디에 있든, 무엇을 하든, 당신의 가르침과 사랑을 잊지 않고 살아가겠습니다.

- 사랑하는 엄마를 그리며

할머니의 텃밭에 가을이 앉았다

가을은 언제나 조용히 찾아온다. 하지만 그 발걸음은 분명하다. 아침마다 성긴 안개를 몰고 와 땅의 숨결을 차갑게 만들고, 한낮의 햇살은 여전히 따뜻하지만 금세 스러져가는 저녁놀 속에 묘한 그리움을 남긴다. 나는 올해도 어김없이 할머니의 텃밭으로 향했다. 그곳에는 언제나 계절이 가장 솔직한 얼굴로 앉아 있었고, 그 속에서 삶의 이치를 배웠다.

텃밭에 들어서자 가장 먼저 눈에 들어온 것은 넓게 자리 잡은 배추였다. 무수한 잎들이 겹겹이 쌓여 제 몸을 지켜내고 있었다. 구멍 난 잎도 있고, 벌레가 스쳐 간 흔적도 있었다. 그러나 그 모든 상처가 오히려 배추를 더 단단하게 만들었다. 사람의 삶도 이와 같을 것이다. 흠집 없는 삶은 없다.

중요한 것은 상처가 아니라, 그 상처에도 불구하고 여전히 땅에 뿌리내리고 햇살을 받아들이는 배추의 태도일 것이다.

줄지어 선 무잎 사이로 이슬이 맺혀 반짝였다. 아직 땅속에 감춰진 무는 보이지 않았지만, 그 두툼한 잎의 생명력은 확실히 뿌리의 건강을 말해주고 있었다. 보이지 않아도 자라는 것이 있다는 사실은 얼마나 위대한가.

우리는 눈에 보이는 성과에만 집착하다가 종종 삶의 본질을 놓치곤 한다. 그러나 무는 땅속에서 묵묵히 자라며, 때가 되면 그 단단한 몸을 드러낸다. 기다림은 언제나 헛되지 않다는 것을, 무밭은 조용히 가르쳐 준다.

밭 한쪽에는 큼지막한 호박이 누워 있었다. 덩굴은 이미 여기저기 뻗었고, 그 길 끝에서 호박은 땅의 품을 의지하며 자라고 있었다. 할머니는 늘 호박은 얌전하다고 말씀하셨다. 자기 자리를 떠나지 않고, 그저 제 뿌리를 따라 뻗는 길 위에서 몸을 키운다고. 호박의 삶은 겸손하다. 그러나 그 겸손 속에서 가장 넉넉한 열매를 맺는다. 어쩌면 우리 삶이 배워야 할 것은 바로 이 겸손한 넉넉함이 아닐까.

텃밭 옆 장독대 위에도 가을이 내려앉아 있었다. 빗방울에 젖은 장독은 더욱 진한 갈색을 띠었다. 장독 안에는 세월이 담겨 있다. 콩이 발효되어 된장이 되고, 고추가 숙성되어 고추장이 된다. 그 기다림과 변화 속에 가족의 밥상이 완성

된다. 가을의 장독대는 그저 저장 공간이 아니라, 세월을 발효시키는 철학의 그릇이다.

밭두렁 사이로는 이름 모를 들꽃들이 피어 있었다. 화려하지 않았지만, 그 소박한 빛깔은 텃밭의 풍경을 더 풍성하게 만들었다. 사람은 종종 자신이 중심이 되어야 한다고 착각하지만, 꽃들은 그렇지 않다. 그저 자신의 자리에서 피고, 곧 스러지면서도 풍경 전체를 아름답게 빛내준다. 진정한 삶의 의미란 아마도 자기 자리에서 묵묵히 빛나는 것일 것이다.

텃밭 너머로 펼쳐진 벼 이삭은 이미 고개를 숙이고 있었다. 황금빛 물결이 바람에 흔들릴 때, 할머니의 미소를 떠올렸다. 늘 구부정한 허리로 밭을 돌보시던 모습, 그러나 그 손길에서 피어난 수확의 기쁨. 가을의 들녘은 그 자체로 경건했다. 땅과 사람, 땀과 시간이 빚어낸 풍경은 마치 기도의 대답 같았다.

할머니의 텃밭은 소박했다. 그러나 그 소박함 속에 모든 철학이 있었다. 배추의 상처, 무의 기다림, 호박의 겸손, 장독의 발효, 꽃의 무심함, 벼의 숙연함, 그것들은 모두 삶의 이치를 보여주고 있었다. 가을은 그렇게 앉아 있었다. 화려하지 않게, 그러나 분명한 울림으로.

나는 할머니의 텃밭에서 다시 배웠다. 삶은 거창한 것이 아니다. 소박하고 첫마음 같은 일상 속에 진실이 숨어 있다. 가을이 앉은 텃밭은 그것을 조용히 일깨워 주었다.

꽃잎 뒤 메뚜기

가을 햇살이 들판에 부드럽게 내려앉던 어느 날, 나는 코스모스 한 송이 위에 앉은 메뚜기를 보았다. 꽃잎의 붉은빛과 메뚜기의 초록빛이 어우러진 풍경은 한 편의 오래된 시처럼 다가왔다. 그 순간, 유년의 기억 한 조각이 조용히 되살아났다.

초등학교 운동장 옆에 있던 논둑길, 그곳은 내 어린 날의 놀이터였다. 맨발로 흙을 밟고, 손으로 풀잎을 쓸며 메뚜기를 잡던 기억이 기억 속에 아슴하다.

"애야, 잡을 땐 살살 해야 해. 다치면 안 돼."

어머니의 목소리가 귀에 맴돈다. 어린 나는 그 말의 뜻을 다 알지 못했다. 그저 재빠르게 뛰는 메뚜기를 손안에 넣는

재미에 푹 빠져 있었을 뿐이었다.

그때는 세상의 속도보다 빠르게 뛰고 싶었다. 친구들보다 먼저 잡고, 더 높이 뛰는 것이 마냥 자랑스러웠다. 하지만 시간이 흘러, 이제 메뚜기를 잡는 대신 그 모습을 오래 바라보게 되었다. 뛰어오르는 대신 잠시 멈춰 선 마음이 생겼다. 꽃 위의 메뚜기는 조용히 숨을 고르고 있었다. 바람이 불어도 놀라지 않고, 햇살 아래에서 잠시 쉬는 듯했다. 누구나 뛰는 시간만이 아니라 멈추는 시간도 필요하다.

한때는 쉼을 두려워했다. 멈추면 뒤처질까, 쉬면 잊힐까, 그런 마음이 나를 몰아세웠다. 하지만 지금은 안다. 쉼이란 멈춤이 아니라 다음 도약을 위한 준비라는 것을. 메뚜기가 잠시 풀잎 위에 머무는 것도 결국 더 멀리 뛰기 위한 시간인 것처럼. 어린 시절, 손안의 메뚜기를 자세히 들여다보곤 했다. 눈처럼 반짝이던 초록빛 몸통, 섬세한 다리 그리고 가느다란 더듬이. 그 작은 생명 속에 얼마나 큰 생의 힘이 숨어 있었는지, 그땐 몰랐다. 지금은 작은 존재 하나에도 경외심을 느낀다. 살아 있는 모든 것은, 그것만으로 충분히 아름답기 때문이다.

코스모스 꽃잎 위에 앉은 메뚜기에 내 삶의 시간을 겹쳐 본다. 화려하게 피었던 순간도 있었고, 바람에 흔들리며 버티던 날도 있었다. 그러나 모든 날이 모여 지금의 나를 만들었다. 삶의 무게는 늘 같은 크기로 다가오지 않는다. 때로는 꽃잎처럼 가볍게, 때로는 이삭처럼 무겁게 어깨를 누른다. 하지만 그 안에서도 우리는 자신의 리듬을 찾아 살아간다. 마치 메뚜기가 꽃잎 위에서 스스로의 자리를 찾아가는 것처럼.

가을은 모든 것을 성숙하게 만든다. 어린 날의 메뚜기도, 지금의 나도, 계절의 품 안에서 조금씩 변한다. 햇살은 여전히 따뜻하지만, 그 온기는 이제 다른 의미로 다가온다. 그것은 기억을 감싸는 온기, 세월의 흐름 속에서도 변하지 않는 생의 숨결이다.

메뚜기는 어느새 날아가 버렸다. 하지만 그 짧은 순간, 꽃과 바람과 햇살이 어우러진 장면은 오래도록 내 안에 남았다. 그것이 바로 추억의 방식이다. 순간은 사라져도, 감정은 남는다. 돌아보면 인생도 그렇다. 우리가 붙잡으려 해도 세월은 날아가고, 남는 것은 그때 느꼈던 온기와 향기뿐이다. 그래서 나는 오늘도 들판을 걷는다. 바람 속에서, 꽃잎 위에서, 메뚜기의 발자국 같은 삶의 흔적을 찾아서. 짧은 생에도 빛나는 순간이 있다.

3부

삶이
피어나는
곳

거울이 남긴 것

거울 앞에 선다. 거울은 언제나 솔직하다. 가식도, 꾸밈도, 감추려는 마음도 거울 속에서는 제 얼굴을 드러낸다.

오랜만에 보랏빛 원피스를 입는다. 모자를 눌러쓰고, 선글라스도 걸친다. 웃고 있는 얼굴 뒤에 묻혀 있는 질문을 나는 알고 있다.

'나는 지금 누구인가.'

거울은 대답하지 않는다. 다만 나의 시선을 따라오는 또 다른 나를 보여줄 뿐이다. 거울 속의 나는 늘 대화를 나눈다.

'너는 지금 행복하니?'

거울 속의 내가 묻는다. 대답을 망설인다. 행복이라는 단어는 늘 미완성이기 때문이다. 뒤돌아보면 후회와 그리움이 있고, 다가올 길에는 두려움과 설렘이 공존한다. 그래서 이렇게 대답한다.

'거의 행복하지만 아직은 아니다.'

그 대답에 미소를 짓는다. 그것만으로도 충분하다고 말하는 듯하다.

공원 산책길에 들어서면 또 다른 거울을 만난다. 물웅덩이에 비친 나무, 바람에 흔들리는 잎사귀, 풀잎 끝의 이슬방울, 그 작은 거울들은 내 안의 마음을 비춘다.

'네가 찾는 답은 외부가 아니라, 내부에 있다.'

풀잎이 바람 속에서 속삭인다. 그 소리에 귀를 기울인다. 거울 속에 비친 나와 자연 속에서 흔들리는 내가 한 사람으로 이어지는 순간이다. 햇살이 강렬한 오후에는 거울은 고요하다. 고요는 내게 묻는다.

'무수한 빛과 그림자의 교차야. 너는 어느 쪽을 선택할 것이냐?'

'나는 빛과 그림자 모두를 선택하겠다. 그림자가 있어야 빛이 선명하니까.'

거울 속의 나는 고개를 끄덕인다. 거울은 단순히 현재의 나만 보여주지 않는다. 그 안에는 어린 시절의 나, 젊은 날의 나, 늙어갈 나의 모습까지 담겨 있다. 거울 속 미소는 어머니의 미소이기도 하고, 나를 닮은 아들의 미소이기도 하다. 거울은 세대를 이어주는 다리이며, 시간을 비추는 창이다.

온실 속 선인장 옆에서도 거울을 본다. 거울꽃은 순간에 피고 지지만 그 아름다움은 영원하다. 선인장은 가시에 둘러싸여 그 견고한 껍질 안에 생명의 비밀을 품고 있다. 나 또한 마찬가지다. 웃음 뒤에는 눈물이, 강인함 뒤에는 연약함이 있다. 그것이야말로 나라는 존재를 완성하는 요소다. 거울 속 나는 그 사실을 알기에 더 단단해진다.

여름 햇살 아래 강아지풀은 작은 불꽃처럼 반짝인다. 그 반짝임 속에서 깨닫는다. 거울은 나를 비추지만, 결국 나를 존재하게 하는 것은 빛이다. 빛이 없으면 거울도 나도 보이지 않는다. 나의 삶은 빛을 따라가는 여정이다. 빛을 좇다가 길을 잃을 수도 있지만, 그것 또한 나의 길이다.

나는 불완전하다. 그러나 그 불완전함이 어쩌면 나의 아름다움이다. 늘 흔들리지만 그 흔들림 속에서 균형을 배운다. 때로는 외롭다. 그 외로움 덕분에 타인의 손길을 소중히 여긴다. 거울은 나에게 하나의 결론을 준다.

'있는 그대로의 너를 사랑하라.'

거울 속에 비친 나는 그냥 이미지가 아니다. 그것은 삶을 성찰하는 창이며, 내가 누구인지 묻는 질문이다.

길 위의 여자

길 위의 여자는 늘 떠난다. 그러나 그 떠남은 도망이 아니라 다시 자신에게로 돌아오는 길이다.

삶의 바람에 흔들리며 지쳐 있을 때마다 그녀는 길 위로 나선다. 들판의 바람이 부드럽게 얼굴을 스치고, 햇살이 머리칼 끝을 어루만질 때면 세상의 무게가 잠시 내려앉는 듯하다. 길은 언제나 그녀를 받아준다.

가을의 문턱에 들어서면 여자는 작은 변화에 눈을 뜬다. 하늘이 조금 더 높아지고, 억새의 잎 끝이 서늘해진다. 잠자리 한 마리가 햇살 위를 가로지르고, 코스모스는 바람결에 몸을 기댄다. 그녀는 이 모든 풍경을 안녕이라 부른다. 삶에서 무언가를 놓아 보내는 순간이 바로 안녕이기 때문이다.

떠나보내야만 다시 맞이할 수 있다는 것을, 그녀는 수없이 길 위에서 배운다.

길을 걷다 보면, 세상은 조용한 교과서가 된다. 풀잎 하나가 이슬을 품는 법, 꽃잎이 지는 시간의 품격, 해가 저물 때의 순리, 그녀는 카메라를 들고 이 모든 것을 배우듯 바라본다. 렌즈 너머의 세계는 단순한 풍경이 아니라 마음의 거울이다. 초점이 맞을 때마다, 그녀의 마음도 한 줄기 빛으로 맑아진다.

한 송이 국화 앞에서 그녀는 오래 머문다. 빗방울이 꽃잎에 떨어지고, 이내 맑은 향기로 번진다.

"삶이란 건, 결국 젖으면서 피어나는 일이지요."

그녀는 속삭이듯 중얼거린다. 젖은 꽃잎처럼, 사람의 마음도 상처를 통해 더욱 깊어지기 때문이다. 그녀의 손끝이 떨리지만, 그 떨림은 살아 있음의 증거다.

가을 하늘 아래, 잠자리 한 마리가 햇살을 베고 앉아 있었다. 꽃잎 위에서는 초록 여치가 작은 몸을 숨기듯 흔들린다. 그녀는 그 작은 생명들을 보며 문득 생각한다.

"이토록 작고 연약한 것들이야말로 세상을 지탱하고 있구나."

그녀에게 길 위의 시간은 곧 자연의 시다. 아무리 짧은 생이라도, 제자리를 지켜 피어나는 존재들의 고요한 강인함을 배운다.

사진 속에서 그녀는 웃고 있지만, 그 미소는 단순한 기쁨이 아니다. 오랜 시간의 무게를 통과한 사람만이 지을 수 있는 미소다. 삶은 늘 예기치 않게 무너지고, 다시 일어서길 요구한다. 그러나 그녀는 이제 안다. 무너짐 속에도 꽃이 피고, 상처 속에도 빛이 깃든다는 것을. 그래서 길 위에서 마주한 석양은 늘 위로다. 하루의 끝은 끝이 아니라, 또 다른 시작의 색이다.

때로는 산책길의 바람이, 때로는 바닷가의 노을이, 그녀를 불러 세운다. 그곳에서 그녀는 묻는다.

"나는 어디로 가고 있나?"

그리고 곧 알게 된다. 길의 끝에는 언제나 '나'가 서 있다는 것을. 길은 타인을 향하는 듯하지만, 결국은 자신을 향해 걷는 순례다. 그녀의 발자국이 닿는 곳마다, 작고 조용한 생명의 이야기가 깃든다.

길 위의 여자는 결코 화려하지 않다. 그러나 단단하다. 그녀는 인생의 풍경 속에서 '멈춤'과 '흐름'을 함께 배웠다. 멈추어 서서 꽃을 바라보는 시간, 흘러가듯 바람을 따라 걷는 시간. 그 모든 순간들이 모여 그녀의 삶을 빚어낸다. 길은 세상의 지도가 아니라, 마음의 지형이라는 것을 새삼 깨닫는다.

노을은 늘 말없이 가르친다. 하루의 마지막을 불태우는 법, 그리고 남김없이 사라지는 법을. 그녀는 해가 지는 바다를 바라보며 사진을 찍는다. 붉은빛 속에서 마음이 물든다. 그리고 다짐한다.

"나는 내 안의 길을 걸어가리라. 두렵더라도, 흔들리더라도, 내 발로."

길 위의 여자의 여행은 아직 끝나지 않았다. 오늘도 가방 속에 카메라를 넣고, 노트북을 챙긴다. 꽃과 바람, 사람과 이별, 모든 것을 기록하며 다시 길 위로 선다.

그녀의 삶은 한 권의 수필집이다. 그리고 그 표지에는 이렇게 적혀 있다.

길 위의 여자, 살아 있음이 곧 여행이다.

삶에 새겨진 무늬

밤하늘 아래, 한 여인이 푸른 벤치에 앉아 있다. 꽃무늬 원피스가 은은한 조명에 물들며 작은 정원의 주인공처럼 빛난다. 달빛은 그녀의 어깨 위로 흘러내리고, 주변의 꽃들은 조용히 고개를 숙여 그 자리를 지켜준다. 삶의 어느 순간에도 이렇게 자신을 빛나게 하는 무대가 존재한다는 사실을, 그녀는 아마 잘 알고 있을 것이다.

그녀가 입은 원피스 위의 꽃무늬는 정원에 피어난 꽃들과 닮아 있다. 옷과 꽃이 서로를 비추며 하나가 된다. 사람과 자연이 서로의 일부가 되는 순간, 인간은 더 이상 자연을 바라보는 존재가 아니라 자연 자체가 된다. 그녀의 옷자락에 스며든 무늬는 단순한 장식이 아니다. 그것은 계절의 고백이며, 시간의 위로다.

그녀는 환하게 웃고 있다. 밤은 고요하지만, 그 웃음은 별빛처럼 번져 나간다. 빛나는 미소는 나이를 잊게 하고, 삶의 무게를 가볍게 만든다. 웃는다는 행위는 결국 존재 자체의 힘이다. 세상이 아무리 어두워도 웃는 얼굴 하나가 밤을 환하게 밝힐 수 있다는 것을 그녀는 보여준다.

푸른 벤치에 앉아 있는 그녀는 잠시 쉬어가는 나그네 같다. 벤치 위에는 수많은 기억이 내려앉아 있다. 사랑을 기다리던 순간, 그리움을 안고 울던 밤, 그리고 이렇게 웃음을 되찾은 시간까지. 꽃무늬 원피스를 입은 그녀의 오늘은 과거와 미래를 이어주는 다리가 된다.

달빛은 꽃무늬를 더욱 또렷하게 드러낸다. 그녀의 삶에 새겨진 무늬 또한 그러하다. 기쁨과 슬픔, 상처와 치유, 외로움과 사랑의 무늬가 그녀의 옷자락처럼 삶에 수놓아져 있다. 그 무늬는 결코 지워지지 않는다. 다만 시간이 지남에 따라 더 깊어지고, 더 아름다워질 뿐이다. 밤하늘의 달은 나무 사이에서 반짝이고, 나무는 달빛을 받아내며 빛을 전한다. 그녀도 늘 세상의 빛을 받아 자신의 빛으로 전한다. 어머니로서, 아내로서, 또 한 사람의 여성으로서 그녀가 흘려보낸 빛은 결국 다른 이의 삶을 밝힌다.

꽃무늬 원피스를 입는다는 것은 단순한 멋이 아니다.

그것은 자신이 꽃처럼 피어나기를 바라는 선언이다.

비록 삶이 가시투성이일지라도, 그 안에서 꽃을 피우겠다는 다짐이다. 그녀의 옷은 단순히 몸을 감싸는 천이 아니라, 삶을 끌어안는 철학이다.

꽃에는 향기가 있다. 꽃무늬 옷에도 향기가 있다.

향기는 눈에 보이지 않지만, 사람의 마음속에 스며든다. 그녀의 존재 또한 그러하다. 그녀는 말하지 않아도, 곁에 서 있기만 해도 향기를 전한다.

사람은 왜 웃는가. 때로는 슬픔을 감추기 위해, 때로 타인을 위로하기 위해 웃는다. 그러나 그녀의 미소는 그 모든 이유를 넘어선다. 그것은 그냥 살아 있음 자체에서 흘러나오는 고마움의 표현이다.

나는 아직 살아 있다, 나는 여전히 꽃처럼 피어날 수 있다. 그녀의 웃음은 그렇게 말하고 있었다.

꽃무늬 원피스를 입은 그녀는 달빛 아래 하나의 풍경이 된다. 그 풍경은 아름다우면서도 삶의 철학과 향기를 전한다. 그녀의 미소는 밤을 환하게 밝히고, 그녀의 옷은 계절의 무늬를 이어간다. 그 모습을 바라보며 다짐한다. 언젠가 나도 삶의 무늬를 꽃처럼 피워내리라.

어떤 계절을 살고 있는가

여름은 언제나 눈부시다. 그 빛은 살아 있는 숨결로 다가온다. 초록의 풀잎이 바람에 흔들리며 쏟아내는 생명의 파동, 길가에 피어난 이름 모를 들꽃의 미소, 그리고 강가에서 들려오는 물소리는 여름의 합창이다. 그 속에 서 있는 여인은 계절의 주인공이 된다. 옷자락에 스치는 바람마저도 이야기가 되고, 그녀의 시선은 이미 저 멀리 가을의 문턱을 바라보고 있는 듯하다.

여름의 여인은 단순히 계절을 입은 존재가 아니라, 그 계절을 살아내는 존재다. 햇살을 가득 안은 미소와 초록을 배경으로 한 보랏빛 원피스는 자연과 사람을 하나로 엮어낸다. 여름은 뜨겁지만, 그녀의 모습은 그 뜨거움을 부드럽게 식히는 바람처럼 다가온다.

사람의 얼굴에는 시간이 새겨진다. 계절 또한 마찬가지다. 여름은 여인의 미소 속에 피어난다. 봄의 순수한 꽃잎 같은 소녀가 시간이 흘러 여름의 풍성한 여인으로 자라난다.

여인의 눈빛은 계절을 넘어선다. 여름의 따스한 공기 속에서도, 그 눈은 이미 다가올 계절을 예감한다. 한 계절이 끝나면 다른 계절이 반드시 찾아오는 것처럼, 인생의 희로애락 또한 그렇게 순환한다. 그래서 여인의 미소는 덧없지 않고, 오히려 더욱 단단하다.

들녘의 곡식이 자라듯, 여름의 여인은 풍요를 상징한다. 흙냄새와 풀 냄새가 배어 있는 공기를 마시며 걷는 그녀의 발걸음은 계절의 무게를 견디고, 삶의 열매를 기다리는 의식과도 같다.

들풀 사이에서 흔들리는 강아지풀은 소박해도 그 안에 담긴 생명력은 대단하다. 여인 곁에 자리한 풀잎 하나하나는 그녀의 삶을 닮아 소박하지만 꺾이지 않고, 작지만 단단하다.

여름 여인이 가장 아름다운 순간은 미소를 지을 때다. 그 미소에는 계절의 햇살이 스며 있고, 바람의 투명함이 깃들어 있다. 살아온 시간의 무게와 앞으로 나아갈 희망이 동시에 담긴 미소다.

미소는 계절의 언어다. 말로 다 표현하지 않아도, 한 번의 눈빛과 한 번의 웃음 속에 계절은 다 담긴다. 여인의 미소는 여름을 넘어, 사계절을 껴안는 지혜의 얼굴이 된다.

여름 여인으로 살아간다는 것은 계절과 더불어 흐르는 삶을 받아들이는 일이다. 때로는 뜨겁게 타오르고, 때로는 바람에 흔들리며, 결국에는 다음 계절을 준비하는 것.

봄날의 설렘을 지나 여름날의 풍요 속에 서 있다가도 언젠가 가을의 숙성된 빛을 맞이하고, 겨울의 고요 속에 안길 것이다. 계절 여인은 곧 우리 자신이다. 계절을 살아내는 것이 곧 인생을 살아내는 일이기 때문이다.

여름 여인이 우리에게 남기는 말은 간단하다.

"지금의 계절을 사랑하라. 지금의 순간을 살아내라."

우리는 늘 다음 계절을 기다리며 산다. 더 시원한 날을, 더 따뜻한 날을, 더 새로운 날을 꿈꾼다. 그러나 여름 여인은 말한다. 지금 이 순간이야말로 가장 빛나는 계절이라고.

해가 저물어 가는 길목에서, 여름 여인의 뒷모습은 한 편의 시다. 그녀가 지나간 자리에는 풀잎이 흔들리고, 바람이 지나간다. 하지만 그 흔적은 사라지지 않는다. 마치 우리가 지나온 계절의 기억이 쉽게 지워지지 않듯이. 여름은 결국 사라지지만, 여름 여인이 남긴 빛과 향기는 오래도록 마음속에 머문다.

여름 여인, 계절 여인은 곧 살아 있는 우리 모두의 또 다른 얼굴이다. 어떤 이는 봄처럼 순수하고, 어떤 이는 여름처럼 풍성하며, 어떤 이는 가을처럼 깊고, 어떤 이는 겨울처럼 고요하다. 하지만 그 모든 얼굴은 결국 하나로 이어진다. 그녀의 미소 속에서 우리는 계절을 보고, 그 계절 속에서 우리 자신의 삶을 본다. 여름 여인은 계절의 화신이며, 삶의 은유다.

여름 여인은 우리에게 묻는다.

"당신은 지금 어떤 계절을 살고 있는가?"

그 질문은 곧 삶을 어떻게 받아들이고 있는가에 대한 물음이다. 여름의 여인은 오늘을 살아내는 지혜를 가르쳐 준다. 지금 눈앞의 햇살과 바람, 그리고 초록을 마음껏 껴안으라고. 그것이야말로 삶을 가장 아름답게 만드는 길이라고.

그립습니다

청천벽력 같은 비보를 접하고 달려간 영전에는 박방희 선생님이 환하게 웃고 계셨습니다. 문학사랑방에서 문우들과 함께 시 공부를 하던 날들이 엊그제 같은데 인생사 황망하기가 이를 데 없습니다. 병마를 이겨내시고, 하마 우리 곁으로 돌아오시려나 노심초사 기다렸건만 그 기대는 물거품이 되고 말았습니다.

마침 문상을 가던 날이 입관식이었습니다. 저린 가슴을 달래며 선생님 마지막 가시는 날을 배웅했습니다. 언제였던가요. "이승에서의 소풍은 아주 짧은 것이기에 후회 없이 잘 살아야 된다."던 선생님의 말씀이 귓가에 쟁쟁합니다. 보통 사람들의 '잘 살아야지' 하는 바람이 자신을 사랑하며 이웃을 돌아보는 삶이라면 박방희 선생님의 생전의 삶은 문학을 위한, 문학에 의한, 문학이 전부라 해도 과언은 아닐 것입니다.

15여 년 전 선생님을 문학교실에서 처음 뵌 순간부터 저는 호감을 느꼈습니다. 소탈하고 수더분한 모습이 마음씨 좋은 이웃집 아저씨를 보는 듯했습니다. 때로는 범접할 수 없는 위엄과 다재다능한 예술적 감각에 존경하지 않을 수 없었지요. 무엇보다 세속에 찌든 저를 동심의 세계로 이끌어 주신 스승이기에 더욱 좋았습니다.

선생님은 아동문학으로 등단해 맑은 아이의 순수한 동심을 가슴으로 노래하셨습니다. 또한 시조 시인으로도 활동하며 현대 시조 100인에 선정되기도 하셨지요. 시조, 동시, 자유시 등 전 장르에 주옥 같은 명작 중에서도 「이별」 시조는 제가 한눈에 반한 작품이기도 합니다.

"지금껏 한 별이다 두 별이 되는 거다/ 헤어진 반과 반이 서로를 잊지 못해/ 새도록 반짝이면서 잠 못 드는 거다/ 몸은 멀리 떨어져도 마음은 지척이라/ 밤마다 애태우며 그리움에 반짝이다/ 눈물에 젖고 젖어서 보석별이 되는 거다"

몇 해 전 다녀온 '촉촉한 특강'에서도 선생님은 자작시 「나무 다비」 낭독을 마치고, 특강을 이어가셨지요. "나무야말로 태생부터 진정한 선물이며, 하늘을 향해 바로 서 있고,

겨울이 되면 잎들은 모두 버리고 맨몸으로 용맹적이다. 나무가 위로 손을 뻗어서 하늘을, 우주를 받치고 어루만지며 뿌리는 땅에 박고 지상과 하늘을 연결시키는 역할을 한다. 그 뿌리는 어둠 속에서 지구를 옮기고 있다. 또한 지구가 떨어지지 않고 계속 돌아가는 것은 나무들이 지구를 붙잡고 있기 때문이며, 그래서 나무는 태생적으로 선사를 닮았다. 마침내 이 나무는 노쇠하여 아궁이 속으로 들어가 스스로 다비한다."던 말씀이 머리를 스칩니다.

어느 날, 선생님과 스산한 낙엽길을 걸으며 "동시는 어른이든 아이든 어린이의 마음과 생각으로 표현한 시"라며 "거기에는 특별히 어린이를 위한다는 전제도 없고, 오로지 문학으로서 동시가 있고, 동화가 있을 뿐"이라고 하셨습니다. 또한 "글 쓰는 사람에게 가장 필요한 것은 자유이며, 이것저것 걸리적거리는 것이 없어야 최대의 역량을 발휘할 수 있다."던 그 말씀이 머릿속에 생생합니다.

그리고 대구박물관 벽화길에서 만난 선생님의 따뜻한 맘이 담긴 동시 「함께 쓰는 우산」은 메마른 제 가슴에 촉촉한 단비가 되었습니다. 평생 동심을 품고 살아온 선생님의 말씀을 되새겨 봅니다.

"어린이보다 더 자유롭고, 마음 가는 대로 해도 거칠 것이 없다. 일어나고 싶을 때 일어나고, 자고 싶을 때 잔다. 걷고 싶을 때 걷고, 쓰고 싶을 때 쓴다.”

동시로 어린이의 마음을 노래하고, 어린이들에게 기쁨과 즐거움을 주셨습니다. 서점에서 만난 선생님의 10번째 시집『누란의 미녀』가 유고시집이 될 줄은 몰랐습니다.

지금은 어느 별에서 시 한 수 읊고 계시는지요. 생전에 못다 이룬 꿈이 있다면 그곳에서 모두 이루시고, 이제는 고통없는 세상에서 새처럼 자유롭게 훨훨 날아오르소서. 가을이 무르익으면 선생님과 함께 거닐던 두류공원 단풍길이 더없이 쓸쓸하겠지요. 선생님! 멀리 떠나시고, 해도 바뀌지 않았는데 벌써 그립습니다. 어찌하오리까.

선생님은 시를 통해 자유로운 영혼을 꿈꾸셨지요. 한 편 한 편이 가슴에 다가와 심금을 울리는 작품들은 선생님을 사랑했던 모든 이들 마음에 오래토록 잊지 못할 '큰별' 로 기억될 것입니다.

청도 와인터널의 향기

가을은 어쩐지 사람의 마음을 발효시키는 계절이다.

햇살은 부드러워지고, 바람은 깊어진다. 그 길 끝에서 나는 청도의 와인터널을 찾았다. 붉은 벽돌이 쌓인 긴 터널 앞, 감나무들이 주황빛으로 물들어 햇살이 땅에 머물다 간 흔적 같았다.

입구에 다다르자, 오래된 철길이 나를 맞았다. 기차는 더 이상 지나지 않지만 그 길에는 여전히 사람들의 발자국이 이어졌다. 그 발자국마다 삶의 향기와 세월의 무늬가 새겨져 있었다.

터널 앞에는 감나무가 한 그루씩 줄지어 서 있었다. 단단한 가지마다 감이 주렁주렁 매달렸다. 몇몇은 이미 익어 떨어졌고, 몇몇은 여전히 가지에 매달려 하늘을 바라보고 있었다. 나는 잠시 그 앞에 멈춰 섰다.

'감도 사람과 같구나.'

누구는 일찍 익어가고, 누구는 아직 자신의 때를 기다린다. 삶의 단맛과 떫은맛도 결국은 같은 나무에서 피어난다.

감 한 알을 손끝으로 쓰다듬었다. 그 부드러움 속에는 여름의 열기와 바람의 기다림이 함께 묻어 있었다. 감이 붉게 익기까지 얼마나 많은 시간과 햇살이 쌓였을까. 그 생각에 마음이 저절로 숙연해졌다.

터널 안으로 들어서자 공기가 달라졌다. 밖의 햇살이 멀어지고, 서늘한 바람이 볼을 스쳤다. 안쪽은 와인 향기로 가득했다. 오크통 사이로 퍼지는 향은 묘하게 사람의 기억을 흔들었다. 오래된 사랑, 잊지 못한 이름, 그리고 묵은 시간의 냄새까지, 모두 와인 한 잔 속에 담겨 있는 듯했다.

그곳에서 문득 '숙성'이라는 단어가 떠올랐다. 시간이 지나며 더 깊어지는 것, 와인만이 아니라 사람도 마찬가지다. 급하게 살면 맛이 사라지고, 조용히 기다릴 때 비로소 향이 피어난다. 한 모금 와인을 마셨다. 처음엔 약간 떫은맛이 느껴지다 곧 달콤한 향으로 변했다. 처음엔 서툴고 불안했지만, 시간이 지나며 모든 것이 제 빛깔을 찾아간 인생처럼.

터널의 끝에는 작은 불빛이 반짝이고 있었다. 그 불빛은 마치 세월의 조각처럼 따뜻했다. 잠시 걸음을 멈추고 그 빛을 바라보았다. 인생의 터널도 어둠 끝에는 언제나 빛이 기다리고 있다.

다시 바깥으로 나오자, 감나무들이 저녁 햇살을 받으며 반짝였다. 바람에 흔들리는 감잎 사이로 가을이 흐르고 있었다. 모자 끝을 고쳐 쓰고 미소 지었다. 그래, 인생은 결국 익어가는 시간이지.

아직 덜 익은 감도 언젠가는 달콤한 홍시가 된다. 조금 느린 사람도 언젠가는 자신의 빛으로 물든다. 터널 속 와인처럼, 사람의 마음도 그렇게 천천히 익어가야 진짜 향기를 낼 수 있는 것이다. 터널을 돌아보며 인사했다. 잘 숙성된 하루였다고. 청도의 바람이 내 어깨를 살짝 스쳤다. 그 바람 속에서 오래된 기억의 맛을 느꼈다.

와인터널의 서늘한 공기 속에서 시간의 향을 배웠다. 우리도 결국은 기다림을 통해 완성된다. 삶의 터널을 지날 때마다 오늘의 나를 조금 더 향기롭게 숙성시키고 싶다.

아버지의 물동이

아버지는 언제나 무뚝뚝한 분이었다. 많은 말을 하지 않았고, 웃음도 드물었다. 그러나 그 침묵 속에는 굳건한 사랑과 책임이 숨어 있었다. 나는 그 사실을, 세월이 한참 지난 후에야 깨달았다.

어느 여름날, 마을 우물가에서 물을 길어오는 어머니의 어깨가 점점 기울어 가던 시절이 있었다. 뜨거운 햇볕 아래, 매일같이 수십 번의 길을 오가야 했던 어머니의 삶은 고단했다. 그 모습을 묵묵히 바라보던 아버지는 어느 날 말없이 물동이를 지고 나섰다. "내가 해 보마." 그 한마디와 함께, 아버지는 어머니의 무거운 짐을 나누어 졌다.

두레박이 내려가는 소리, 물동이에 가득 찬 물이 찰랑이는 소리, 그리고 그것을 어깨에 짊어진 아버지의 발걸음이 들판에 울려 퍼졌다. 그 소리는 생활의 풍경이라기보다 사랑의 증언이자 헌신의 노래였다.

종종 사랑을 말로 표현하기를 원하지만, 때로는 가장 깊은 사랑이 말없이 드러난다. 아버지는 사랑한다는 말을 자주 하지 않았다. 대신 물동이를 지며 보여주었다. 땀에 젖은 옷자락, 어깨에 남은 짐의 자국, 숨을 몰아쉬는 등은 말보다 더 큰 울림을 전해주었다.

어머니는 그 모습을 보며 한쪽 입가에 미소를 지으셨다. 그 미소는 감사이자 동행의 증거였다. 두 사람은 물동이를 나르며 서로의 짐을 나누었고, 그 길 위에서 부부의 삶은 한층 더 단단해졌다.

내가 자라 어른이 되어 돌아보니 아버지가 진 물동이는 단순한 물통이 아니었다. 그것은 가족의 무게, 삶의 짐, 그리고 사랑의 무게였다. 삶이란 결국 서로의 무게를 나누어 지는 일이 아니던가.

아버지가 어머니를 위해 짊어진 물동이는 오늘날 내 삶의 철학이 되었다. 사랑하는 사람을 위해 무엇을 할 수 있는가, 내가 대신 져 줄 수 있는 무게는 무엇인가를 늘 묻는다. 사랑은 짐을 나누어 지는 일이자, 묵묵히 옆에 서서 버텨주는 일이기 때문이다.

세월이 흘러 아버지는 노인이 되셨고, 물동이를 짊어지
던 젊은 시절의 기운은 사라졌다. 그러나 그때의 어깨 자국
은 여전히 내 마음에 남아 있다. 나는 그 사랑을 닮아가고 싶
다. 내 삶에서도 누군가의 무거운 짐을 나누어 질 수 있다면,
그것이 곧 아버지를 닮는 길이자 진정한 사랑의 실천일 것
이다.

황금빛 조각상처럼 세월은 기억을 굳혀 놓지만, 아버지
의 사랑은 여전히 살아 움직인다. 물동이를 지던 그의 땀방
울은 내 마음에 이슬처럼 맺혀 오늘도 나를 적신다. 사랑이
란 거창한 말이 아니다. 어머니를 도우려 물동이를 지는 그
작은 행동 속에서 가장 크게 빛난다는 것을 아버지를 통해
배웠다.

어머니의 조청 철학

새벽 안개가 자욱하게 깔린 하늘은 보랏빛으로 물든다. 그 시간에 어머니는 이미 마당 한편에서 커다란 솥에 불을 지피고 있다. 사람들은 아직 꿈결을 헤매는데, 어머니의 하루는 쌀 씻는 소리와 함께 시작된다. 흰쌀을 만지는 손길에는 오랜 세월 밟아온 삶의 무게가 배어 있다. 밥 짓는 연기는 늘 가족을 살리는 숨결이 된다.

내게 조청은 단순한 음식이 아니다. 시골 마을에서 자라던 어린 시절, 굶주림을 달래주던 흰 덩어리, 고소한 향이 감돌던 식탁 위의 따뜻한 정이다. 조청은 흰 쌀밥을 지어 내리누르고, 굳혀서 빚은 소박하지만 정직한 음식이다. 어머니는 조청은 단단해야 오래간다고 말씀하신다. 그 말은 음식의 상태를 말하는 게 아니다. 인생도 단단해야 오래 버틸 수 있다는 어머니의 철학이다.

어머니의 두 손은 늘 바쁘다. 김치를 담그고, 장작을 패고, 흰쌀을 뜨거운 김 속에서 조청으로 빚어내던 손, 그 손에는 굳은살이 깊게 박혀 있지만, 내겐 그 손길이 세상에서 가장 따뜻한 위로로 다가온다. 조청을 눌러 굳히는 과정은 마치 삶의 고단함을 눌러 다잡는 것이다. 쌀이 눌리며 하나로 뭉치듯 우리 가족도 어려운 순간을 서로 눌러주며 단단해질 수 있었다.

먹을 것이 머땅치 않을 때 조청은 며칠씩 가족을 버티게 해줬다. 단출한 식탁 위에서 어머니는 늘 웃음을 잃지 않았다. 가난을 탓하지 않고, 주어진 것을 다스려 삶을 지켜내는 힘, 그것이 바로 어머니의 조청 철학이 아니었을까. 조청은 우리집 식탁만의 음식이 아니다. 마을 잔치가 있는 날이면 어머니는 새벽부터 조청을 만들어 이웃들과 나눈다. 누군가는 쌀을 조금 보태주고, 또 다른 이는 나무를 보탠다. 그렇게 모인 정성이 모여 잔치가 되고, 조청은 그 자리에 빠지지 않는 나눔의 음식이자 공동채의 상징이 된다.

지금은 편리한 세상이라 굳이 조청을 해먹는 집을 찾기 어렵다. 하지만 나는 힘겨운 날이면 그 시절 엄마의 조청을 떠올린다. 뜨거운 김을 흘리며, 굳은살 박인 손으로 눌러 담던 흰 덩어리, 그 속에서 어머니는 가족의 삶을 지켜냈다. 그리고 그 철학은 내 안에도 고스란히 남아 오늘을 버티는 힘이 된다.

어머니의 조청 철학은 거창한 말이 아니다. 흰쌀을 눌러 굳히듯 하루하루를 눌러 다잡아 단단히 살아내는 것, 단단한 것 속에서 시간이 지날수록 은근한 단맛이 배어 나오듯, 삶도 결국 단단히 버티면 달콤한 순간이 찾아온다는 것, 나는 마음 속에서 조청을 빚는다. 그것은 그냥 음식이 아니라, 엄마가 남겨주신 삶의 지혜이자 철학이다. 어머니의 말씀이 귓가에서 맴돈다.

'조청은 단단해야 오래가는 거야. 삶도 그렇단다.'

상하이 주가각의 뱃사공

잔잔히 흐르는 물길 위에, 오래된 마을의 시간이 떠 있다. 상하이의 번잡한 도시를 벗어나 주가각朱家角 수향마을에 발을 들이면, 마치 세상이 한순간 멈추고 과거로 거슬러 오른 듯한 기분이 든다. 기와지붕과 붉은 홍등, 물 위로 늘어진 수양버들이 하나의 풍경화처럼 어우러지고, 그 속을 천천히 저어 나아가는 뱃사공의 노는 이 마을의 심장을 두드리는 맥박과도 같다.

뱃사공은 그저 손님을 태우고 노를 젓는 사람일까? 아니다. 그들은 물길의 철학자요, 세월의 해설자다. 그의 손에 쥔 대나무 노는 도구가 아니라 강과 인간을 이어주는 다리이며, 생계를 넘어 삶의 태도까지 담고 있다. 물결을 밀어내는 힘찬 팔의 움직임, 균형을 잡는 굳건한 다리의 힘줄에서 오래된 삶의 지혜를 읽는다.

노를 젓는 순간마다 그들의 눈은 물 위와 하늘을 오가며, 수백 년간 이어진 시간의 흐름을 기억한다. 마을의 돌다리와 담벼락, 수초로 덮인 물가를 스쳐 지나며 그는 말없이 세월을 이야기한다. 말 대신 물결이 대답하고, 노 대신 삶의 무게가 대화를 이어간다.

작은 배가 다리를 지나며, 노가 물살을 헤치는 소리가 귓가에 스민다. 그 소리는 마치 세상의 복잡한 언어를 지운 듯 맑고 단순하다. 그 순간 나는 묻는다. 삶이란 무엇일까, 끊임없이 노를 저으며 나아가는 것일까, 아니면 강물에 몸을 맡기고 흘러가는 것일까?

뱃사공은 대답하지 않는다. 대신 물결이 일렁이고, 그의 손끝에서 흘러나오는 힘이 그 대답을 대신한다. 삶은 결국 물 위의 배와 같아, 방향을 정해 저어 나아가기도 하고, 때로는 바람과 물살에 맡겨 흔들리기도 한다. 중요한 것은 노를 놓지 않는 일, 균형을 잃지 않는 일이다.

주가각의 뱃사공은 단순히 관광객을 태우는 인물이 아니다. 그는 마을과 외부 세계를 잇는 다리다. 전통의 무게와 현대의 요구 사이에서, 뱃사공은 묵묵히 물길을 저으며 두 세계를 연결한다. 관광객의 눈에는 그저 이국적 풍경일지라도, 그들에게는 세대와 세대를 잇는 생업의 자리다. 나는 그들의 구부러진 허리와 굳은 손바닥에서, 도시의 화려함이 아닌 땅과 물에 뿌리내린 사람들의 이야기를 본다. 뱃사공은 한 세기의 기억을 품고 오늘도 노를 젓는다.

물을 따라 흐르다 보면, 삶에 대한 단순하면서도 깊은 깨달음이 다가온다. 삶은 노와 같다. 너무 세게 저으면 지쳐 버리고, 너무 느슨히 놓으면 앞으로 나아가지 못한다. 강물과 조화를 이루며 힘을 조절하는 것, 그것이 삶의 균형이다. 뱃사공의 리듬은 곧 인간 존재의 리듬이다.

그는 물길을 다스리는 동시에 물길에 순응한다. 강한 듯 보이지만 사실은 강물에 자신을 맡긴다. 이는 마치 우리가 세상을 살아가는 모습과도 같다. 스스로의 의지를 지니되, 자연의 흐름을 거스르지 않는 지혜. 그것이 뱃사공의 철학이며, 수향마을이 전해주는 삶의 가르침이다.

주가각의 물길을 떠나며 나는 마음속에 하나의 이미지를 간직했다. 삿갓을 눌러쓴 뱃사공의 굳건한 자세, 그리고 물결에 비친 그의 그림자. 그 모습은 인간과 자연이 함께 살아온 긴 여정의 상징이었다. 삶이 어디로 흘러가든, 중요한 것은 노를 잡은 손을 놓지 않는 것. 그리고 그 손에 깃든 땀과 지혜를 기억하는 것. 주가각의 뱃사공은 오늘도 물길 위에서 우리에게 말 없는 철학을 건네고 있었다.

삼국지 도원결의 현장에 가다

중국 후한 말, 군웅할거의 혼란 속에서 유비, 관우, 장비가 도원에서 의형제를 맺었다는 이야기는 『삼국지연의』에서 가장 상징적인 장면이다. '비록 동년 동월 동일 생은 아닐지라도, 원하건대 동년 동월 동일 사하리라' 는 맹세는 역사적 사실보다는 문학적 허구에 가깝다. 진수의 『삼국지』 정사에는 '도원결의' 라는 구체적 기록이 없기 때문이다. 그러나 나관중의 『삼국지연의』가 민중 속에서 퍼져나가면서, 이 맹세는 의리와 신의의 대명사로 자리 잡았다. 내가 찾은 이 현장은 바로 그 허구와 현실이 교차하는 역사 문화 공간이었다.

2세기 말 후한 왕조는 황건적의 난과 환관 정치로 쇠락

하고 있었다. 지방의 호족과 무장들은 군사를 일으켜 세력을 확장했으며, 백성들은 도탄에 빠졌다. 이 시기 유비는 미천한 신분이었으나 백성을 구하고자 하는 뜻을 품었다. 관우와 장비는 본래 서로 다른 삶을 살던 무인이었으나 유비와 함께 나라를 바로잡겠다는 대의를 품고 연을 맺는다. 이 장면이 오늘날까지 전해오는 '도원결의'의 기원이다.

현장에 들어서자, 붉은 등롱과 전각의 장식은 그 전설적 맹세를 현재의 관광객들에게 다시금 체험하게 한다. 도원결의는 단순한 개인적 우정이 아니라, '대의명분'에 헌신하겠다는 선언이었다. 유교적 가치관에서 신의信義는 가장 중요한 인간관계의 덕목이다. 관우는 후일 '무성제군'으로 신격화되며 무武와 의義의 화신이 되었고, 장비 역시 의협심의 상징으로 기억되었다.

도원결의는 사실 여부와 관계없이, 혼란한 시대를 살아간 민중들에게 '신의가 있는 세계'에 대한 희망을 불어넣는 이야기였다. 오늘날 이 장소를 찾는 수많은 사람들도 결국 그 '의리의 정신'을 확인하고자 이곳에 발걸음을 옮기는 것이다.

현장에는 도원결의를 형상화한 동상과 기념물이 세워져 있었다. 붉은 깃발이 펄럭이고, 영웅들의 조각상이 의연하게 서 있었다. 이는 역사적 사실의 재현이라기보다는 문학적 상징의 구체화다. 그러나 바로 그 '상징화된 역사'가 후대에 더 큰 영향력을 미쳤다. 실제 기록보다 더 오래 남는 것은, 사람들이 믿고 싶어 한 이야기다. 나는 이곳에서 역사적 사실과 문학적 허구 사이의 긴장을 느꼈다. 동시에 허구가 진실보다 더 큰 힘을 발휘하는 경우가 있음을 깨달았다.

삼국지는 동아시아 문화권에서 의義와 충忠의 교과서였다. 조선 시대에도 『삼국지연의』는 널리 읽히며 유교적 윤리의 본보기로 사용되었다. 오늘날 중국에서는 『삼국지』를 국가적 문화유산으로 적극 활용하며, 관광 자원으로 재탄생시키고 있다. 내가 찾은 도원결의의 현장 역시 역사와 문학, 그리고 관광 산업이 교차하는 공간이었다. 사람들은 사진을 찍고, 기념품을 사고, 영웅들의 맹세 앞에서 잠시 서성인다. 학문적 시각으로 보면, 기억의 산업화이자 전통의 재구성이다. 그러나 철학적 차원에서 보면, 그것은 인간이 끝없이 추구하는 '가치의 재현'이기도 하다.

돌아오는 길에 다시 붉은 등롱을 올려다보았다. 도원결의의 진실 여부는 중요하지 않다. 중요한 것은 그 이야기가 오늘날까지도 사람들의 마음속에서 신의와 의리라는 덕목을 불러일으킨다는 점이다. 현대 사회에서 의형제를 맺는 맹세는 사라졌지만 우리는 여전히 공동체를 위한 약속을 필요로 한다. 그것이 곧 오늘의 도원결의다. 나는 이곳에서, 나 또한 나만의 도원결의를 세워야 함을 느꼈다. 글을 쓰는 이로서 역사를 단순히 기록하는 데 그치지 않고, 그 역사에서 오늘의 삶을 위한 교훈을 길어 올리는 것이 나의 맹세라는 것을.

선비이고 싶다

벽에 걸린 서예 작품 앞에 서면 묘한 경건함이 밀려온다. 먹빛이 번지는 그 여백 속에서 오래된 숨결을 듣는다. 선비의 시대는 저물었지만, 그들의 정신은 여전히 내 마음 어딘가에서 살아 있다. 한 점의 글씨로, 한 줄의 시로, 그리고 한 사람의 품격으로 이어져 오는 인간의 정신사精神史다.

붓끝이 종이 위를 흐를 때, 그것은 단순한 기록이 아니라 '마음의 행로'다. 한 획 한 획에는 그 사람의 숨결이, 그 사람의 윤리가 묻어난다. 서예의 세계에서는 '글씨를 잘 쓰는 것'보다 '마음을 닦는 것'이 먼저라고 했다. 글은 마음의 그림자이기 때문이다.

요즘처럼 속도가 미덕이 된 시대에 붓 한 자루를 잡는 일은 어쩌면 세상과의 결별이다. 선비의 마음으로 한지를 마주할 때, 시간은 천천히 흘러가고 욕망의 먼지가 가라앉는다.

선비는 단지 책 읽는 이가 아니었다. 선비는 지식의 사람이 아니라 양심의 사람이었다. 진리를 향한 구도자이자, 세상의 부패를 향해 연필 하나로 맞섰던 실천의 사람이었다. 그들에게 학문은 권력의 사다리가 아니라 인간을 완성시키는 거울이었다. 그들은 세상과 타협하지 않았다. 때로는 가난을, 때로는 유배를, 때로는 죽음을 감수하면서도 올곧음을 놓지 않았다. 그들의 붓끝에서 흘러나온 것은 단지 문장과 시가 아니라, 삶의 품격이었다. 그 품격이 오늘의 우리에게 여전히 필요한 이유는 그것이 사람다움을 지켜내는 최소한의 방패이기 때문이다.

요즘 자주 생각한다. 지식은 넘쳐나지만 지혜는 드물고, 정보는 많지만 성찰은 희미한 시대에 선비 정신은 과연 어디에 있는가. 학문은 더 이상 덕을 위한 수양이 아니라 스펙을 위한 도구가 되었다. 말은 많지만 진심은 적다. 세상은 똑똑해졌지만 마음은 점점 메말라간다. 그럴수록 선비가 그리워진다. 그들은 말보다 침묵으로 설득하고, 힘보다 예禮로 다스리며, 세상을 이기는 것이 아니라 스스로를 다스리는 사람들이었다. 그들이 보여준 것은 권위가 아니라, 겸손한 품격이었다.

추석 무렵, 나는 다시 한번 그 서예 작품 앞에 섰다.

'백천이류동회百川異流同會' 모든 강은 서로 다르게 흘러도 결국 바다에서 만난다. 이 한 구절은 내게 인생의 이치를 일러준다. 사람마다 다른 길을 걷지만, 결국 우리는 한 바다로 흘러든다. 그 바다가 바로 인仁의 마음이다.

사람 사이의 다름을 인정하고, 서로의 진심을 이해하려는 그 자세야말로 선비의 마음이요, 인문학의 출발점이다. 배움은 지식을 쌓는 일이 아니라 타인의 마음을 향해 자신을 낮추는 일이다. 선비의 겸손은 곧 배움의 자세였고, 그 겸손이야말로 오늘 우리가 잃어버린 미덕이다.

나는 붓을 잡지 않는다. 대신 펜을 든다. 그러나 그 마음은 같다. 한 줄의 글을 쓸 때마다 나는 내 안의 거울을 닦는다. 내 문장이 누군가의 마음을 어루만질 수 있다면, 그것이 바로 나의 '선비 정신'이라 믿는다. 세상의 속도에 휩쓸리지 않고, 눈에 보이지 않는 진심의 결을 지켜내는 일. 그것이야말로 오늘날 선비의 또 다른 형태다. 선비는 사라지지 않았다. 그들은 우리 안의 '깊은 인간'으로 남아 있다. 조용히, 그러나 단단히.

화려한 옷보다 흰 옷의 단정함을, 큰 목소리보다 한 마디의 진심을, 이익보다 의로움의 무게를 더 귀하게 여기고 싶다. 선비처럼 살기 위해 반드시 시를 써야 하는 것은 아니다. 그 마음으로 하루를 살아내면 된다.

오늘 누군가에게 따뜻한 말 한마디를 건네는 일, 부당함 앞에서 잠시라도 침묵하지 않는 일, 그것이 바로 현대의 선비가 걸어야 할 길이다. 선비란 이름은 오래되었지만, 그 정신은 언제나 새롭다. 나는 그 길 위에 서 있다. 비록 옷자락은 시대의 먼지에 물들었을지라도, 그 마음만은 여전히 맑고 싶다.

'나도 선비이고 싶다.'

흰 종이 위의 한 줄 다짐이 내 삶의 좌우명이 되기를 바라며, 다시 펜을 들어 나의 '오늘'을 써 내려간다. 그 문장 하나하나가, 내 안의 붓끝이 되기를 바라면서.

존재의 다른 이름

조명이 얼굴을 스치고, 음악이 발걸음을 이끈다. 사람들이 바라보는 시선 앞에서 고개를 곧게 들고 걷는다. 화려한 드레스가 몸을 감싸고, 바람은 천의 자락을 흔든다. 그 순간 나는 단순한 개인이 아니라 '모델'이라는 하나의 존재로 새롭게 태어난다.

나는 패션 모델이다. 그것은 직업이나 자격이 아니라, 내 존재를 드러내는 선언이다. 누구나 삶의 무대 위에서는 모델이 된다. 옷은 단지 천이 아니라 나의 이야기이고, 걸음은 단지 움직임이 아니라 내 삶의 궤적이다.

많은 이들이 패션을 겉치장이라 말한다. 그러나 나는 그렇게 생각하지 않는다. 패션은 삶의 태도를 보여주는 언어다. 화려한 드레스 속에는 내 지난날의 눈물과 웃음이, 굳게 들어 올린 턱에는 나를 버티게 한 시간의 무게가 담겨 있다.

패션은 '내가 누구인가' 라는 질문에 대한 대답이다. 옷은 몸을 감싸지만, 동시에 영혼을 드러낸다. 옷의 색은 마음의 색이고, 옷의 선은 삶의 길이다. 나는 드레스를 입음으로써 단순히 아름다워지는 것이 아니라, 내가 살아왔음을 증언한다.

사람들은 젊음을 아름다움의 조건으로 여긴다. 그러나 나는 묻고 싶다. 아름다움은 과연 젊음에만 머무는가. 주름은 세월이 남긴 꽃무늬이고, 눈가의 선은 수많은 웃음의 흔적이다. 아름다움은 주름을 지우는 데 있지 않고, 그 주름을 당당히 드러내는 데 있다.

나는 나이가 들어 패션 모델이 되었다. 역설처럼 보일지 모르지만, 사실은 진리다. 젊은 날에는 보지 못했던 나를, 이제는 볼 수 있기 때문이다. 나의 몸과 마음이 지닌 고유한 무늬는 세월이 빚어낸 작품이다.

런웨이를 걷는다는 것은 단순한 발걸음이 아니다. 그것은 존재의 선언이다. 내가 이 길을 걷고 있다는 것, 쓰러지지 않고 일어서 있다는 것, 여전히 살아 있다는 것을 보여주는 행위다.

걷는 순간, 과거와 화해하고 미래와 약속한다. 내 발걸음이 멈추는 그날까지 계속 걷는다. 패션 모델로서의 걸음은 곧 인생의 걸음이다. 지금도, 그리고 앞으로도 삶의 무대 위를 걸어갈 것이다.

무대 위에서 느끼는 수많은 시선은 때로는 무겁다. 그러나 그 시선 속에서 새로운 힘을 얻는다. 그들이 나를 보는 순간, 단순한 개인을 넘어선다. 시선은 나를 정의하지 않지만, 나를 각성시킨다.

그들의 시선이 없다면 여전히 나 자신이겠지만, 시선이 있기에 나는 더 나답게 된다. 타인의 시선은 나를 가두는 틀이 아니라, 나를 비추는 거울이다.

주황빛 드레스는 태양처럼 빛나며 나의 열정을 말한다. 노란 드레스는 환한 희망을 상징하고, 푸른 드레스는 내 마음속 깊은 바다를 드러낸다. 검정 드레스는 고요한 사색을 담고, 흰 드레스는 다시 시작하는 순수를 상징한다.

드레스는 나의 언어다. 말로 표현하지 못한 감정과 사유가 색과 무늬로 피어난다. 무대 위에서 드레스는 나 대신 말한다.

혹자는 말할 것이다. 사람들이 보지 않으면 무슨 의미가 있겠는가. 그러나 나는 알고 있다. 관객이 없더라도 무대는 무대이고, 나는 여전히 모델이다. 삶은 언제나 관객 없는 무대 위에서 먼저 펼쳐진다. 거울 앞에서 옷을 입고, 혼자 길을 걸을 때조차 이미 모델이다. 중요한 것은 누가 보느냐가 아니라, 어떻게 걷느냐이다. 나는 내 존재를 위해 걷고, 내 영혼을 위해 입는다.

이제 말할 수 있다. 나도 패션 모델이다. 이는 세상에 대한 선언이자 나 자신에 대한 다짐이다. 내가 살아온 날, 내가 견뎌낸 시간, 내가 품어온 꿈이 오늘의 나를 무대 위에 세운다. 모델은 특별한 소수가 아니라, 자신을 사랑하는 모든 사람이다. 삶의 무대에서 자신을 드러내는 순간, 우리는 모두 모델이 된다.

오늘도 무대 위에 선다. 그것이 화려한 런웨이든, 평범한 일상의 길이든 상관없다. 드레스가 비단이든, 소박한 옷이든 중요하지 않다. 중요한 것은 내가 나답게 걷고 있다는 사실이다. 패션 모델이란, 곧 존재의 다른 이름이다. 나도 패션 모델이다. 그리고 당신도 그렇다.

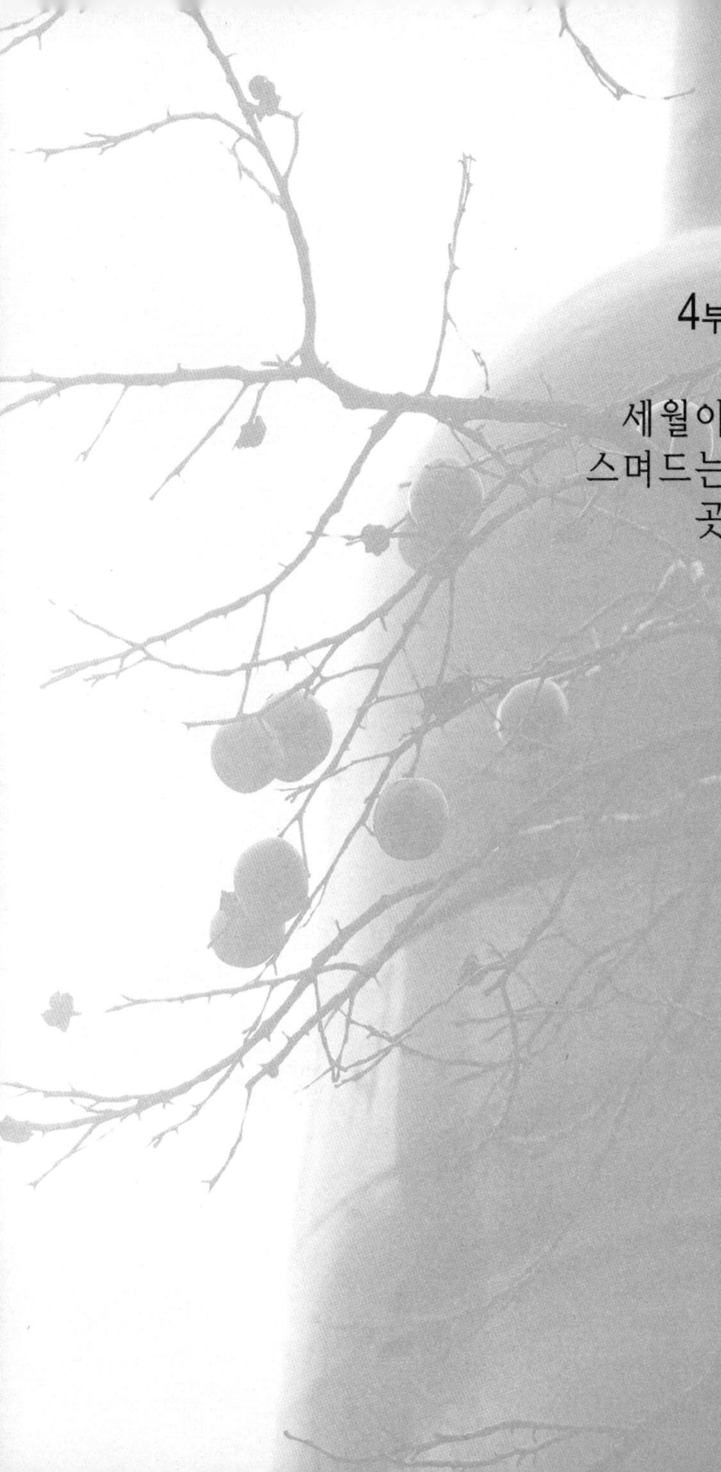
4부

세월이
스며드는
곳

고요의 뿌리, 우포늪

우포늪, 이름만으로도 물비늘 같은 적막이 귀를 적신다. 바람은 늪 위로 낮게 깔리고, 갈대는 바람을 흘려보내며 자신의 시간을 새긴다. 이곳은 소리보다 침묵이 먼저 살고, 흔적보다 기억이 더 오래 머무는 세계다.

처음 우포늪을 찾았을 때, 늪이라는 말에서 상상한 것을 넘어선 생명의 속삭임에 당황했다. 뻐꾸기의 울음, 수초 사이를 미끄러지는 잠자리, 수면 아래 고요히 번식 중인 미생물들, 그 누구도 설명하지 않지만 모든 생명은 자기만의 방식으로 이곳에 살고 있었다. 누가 시키지 않았어도 존재하고 있었다. 그것이 생명의 본질일지도 모른다.

나의 삶을 돌아본다. 보이지 않아도 자연이 품은 하나의 생명이듯이 존재의 이유는 보이는 데 있지 않고, 그 안에 스며든 삶의 지속에 있다. 우포늪은 보임보다 살아감을 이야기하고 있다.

깊은 늪 안에는 자연의 시간, 즉 느림이 산다. 인간의 시간은 효율과 속도로 재단되지만, 이곳의 시간은 멈춤과 기다림, 흘러감으로 빚어진다. 느리게 자라는 갈대, 오랜 시간에 걸쳐 형성된 이탄층, 사라졌다 돌아오는 철새들, 이 모든 느림의 집합은 너는 어디로 그렇게 바쁘게 가고 있느냐고 인간에게 묻는다.

발걸음을 멈춘다. 숨을 들이쉬고, 늪의 냄새를 느끼고, 마음 안으로 작은 물소리 하나를 초대한다. 그 순간, 늪은 나에게 자연이자 거울이다. 내 안의 불안과 조급함, 보이기 위한 열망들이 하나씩 가라앉는다. 살아간다는 것은 반드시 빠르거나 강해야 하는 것이 아님을, 우포는 묵묵히 보여주고 있다.

때로는 늪처럼 살아가고 싶다. 겉으로는 조용하지만, 그 안에는 수천 년을 품어낸 생명들이 어우러진 세계, 아무 말 없이 모든 것을 말하는 침묵의 숲이 아니던가. 우포는 물의 장소이자, 사유의 장소다. 그곳에서 조급한 자신을 뒤로하고, 평온하고 고요한 나를 만난다. 가장 낮은 땅에 모인 물처럼, 내 삶도 낮아질 때 비로소 깊어질 수 있다는 걸 느낀다.

늪은 조용히 숨을 죽인 채, 자신만의 시간을 흘려보낸다. 세상의 시간과는 다르게, 이곳은 속도를 재지 않는다. 나뭇잎 하나 떨어지는 소리, 잠자리 날개의 떨림조차 울림으로 남는 곳, 그 느린 숨결 속에 살아 있는 생명들이 있다.

늪은 물과 흙, 풀과 그림자가 뒤섞인 경계의 땅이다. 물인지 땅인지 구별할 수 없는 애매함 속에서, 놀랍게도 수많은 생명들이 움튼다. 인간의 시선으로는 답답하고 낯설지만, 자연은 그 속에서 가장 정교한 균형을 유지한다. 수초의 뿌리는 물속을 단단히 움켜쥐고, 작은 곤충과 개구리, 물고기와 조류들은 정해진 리듬 속에 생을 이어간다.

햇살이 비스듬히 내려앉는 오후, 늪의 표면은 은빛 거울처럼 빛난다. 수면 아래에는 또 다른 하늘이 숨어 있는 듯하다. 이 고요함 속엔 신비로움이 깃들어 있다. 누군가는 이 늪을 생명의 어머니라고 부르고, 누군가는 신화 속 세계의 문이라 말한다. 오래전부터 전해지는 전설과 민담들은 늪을 두려움과 경외의 대상으로 삼았다. 그러나 늪은 살아 있는 자연의 숨구멍이며, 생태계의 근원적인 순환을 지탱하는 곳이다.

'늪' 이라는 단어가 주는 울림은 때론 어둡지만, 우포는 생명의 요람이다. 멸종위기 철새들의 안식처, 수달이 사는 물길, 그리고 겨울이면 수백 마리의 기러기가 내려앉는 은빛 호수 같은 풍경, 그 정적은 오히려 수많은 생명들이 쉬어가는 느림의 교향곡이다. 노란 부레옥잠이 피어나고, 은은한 햇살 아래 고요히 피어오르는 수증기, 자연 앞에서 겸손해지고, 사라진 마음의 균형을 다시 세운다.

늪은 말이 없다. 하지만 그 속에서 듣는다. 우리가 잊고 있던 원초적인 생명의 울림, 조용히 살아가는 존재의 존엄, 그리고 인간도 결국 그 한 조각이라는 사실을. 늪은 멈춤이 아니라 가장 조용한 생명력이다.

낯선 전각의 문턱에서

　웅장한 불전의 기둥들 사이로 들어서자 공기의 결이 달라졌다. 화려한 조각과 금빛 문양, 천장에 가득한 청색의 빛이 내 몸을 감쌌다. 그 순간, 단순한 나그네가 아니라 역사의 한 조각이 되는 듯한 기분을 느꼈다. 문득, 이곳에서 한 장의 사진을 남겨야겠다는 생각이 들었다.

　카메라에 담긴 내 얼굴은 스스로도 놀랄 만큼 환했다. 모자 챙 아래로 번지는 미소는 장소의 장엄함과 묘한 조화를 이루었다. 장식으로 가득한 불전의 틈에서, 한 사람의 웃음이 역설적으로 더 빛나고 있었다. 마치 거대한 배경은 하나의 무대고, 나는 잠시 그 무대 위에 선 배우 같았다.

　왜 사람은 낯선 곳에서 더 환히 웃을 수 있을까. 아마도 그 웃음은 단순한 기쁨이 아니라, 자기 존재의 확인일 것이다. 나는 여기에 있다, 이 순간 살아 있다. 웃음은 그렇게 나를 이 낯선 풍경 속에 새겨 넣는다.

내 얼굴의 미소는 한낱 장식이 아니다. 그것은 긴 여정 속에서 나를 지탱해 온 빛이다. 고단한 삶의 그림자도, 어머니를 잃고 흘린 눈물도, 다 그 웃음 뒤에 숨어 있다. 그러나 웃음은 그림자를 지우지 않는다. 오히려 그림자와 함께 빛을 더욱 선명하게 드러내는 법이다.

불교의 전각에 새겨진 부처의 미소를 떠올린다. 그것은 인간의 번뇌를 다 품은 뒤 지어진 웃음일 터다. 내 얼굴의 미소 역시 그와 닮아 있기를 바랐다. 단순히 즐겁고 행복해서 웃는 것이 아니라, 슬픔과 고통을 안고도 다시 살아가겠다는 다짐의 표정 말이다.

여행은 결국 나 자신을 확인하는 과정이다. 카메라 속 미소는 증거가 된다. 이곳을 지나갔다, 이 순간 존재했다. 일기장의 한 줄보다 더 강력한 증명이다. 미소는 그래서, 가장 인간적인 기록 방식이다.

웅장한 전각, 높이 솟은 기둥, 황금빛 장식들. 그 사이에서 소박한 모자와 편안한 옷차림의 내가 웃고 있다. 화려함과 소박함은 서로 충돌하지 않았다. 오히려 그 대비가 한 장의 풍경을 완성했다. 삶도 그렇다. 거대하고 장엄한 순간은 결국 소박한 인간의 얼굴 위에서 비로소 의미를 얻는다.

나는 이곳 사람이 아니다. 언어도 다르고, 역사적 뿌리도 다르다. 그러나 웃음 하나로 나는 잠시 이 공간의 일부가 된다. 미소는 국경을 넘고, 언어를 건너, 사람과 사람을 연결하는 가장 오래된 다리이다.

사진 속 나는 낯설게도 강렬하다. 붉은 입술이 전각의 금빛 장식과 어우러져 또 다른 상징이 된다. 그 붉음은 생의 열정, 살아 있음의 표징이다. 세월이 흘러도 잃고 싶지 않은 빛깔이다.

돌아보면 수많은 여행지에서 사진을 남겼다. 그러나 모든 사진이 이렇게 깊은 울림을 주는 것은 아니다. 어떤 사진은 단순한 풍경 기록이지만, 어떤 사진은 존재의 기록이 된다. 웃음이 담긴 사진은 언제나 후자다. 그것은 내가 살아 있는 증명이다.

언젠가 세월이 흘러 이 사진을 다시 보게 될 것이다. 그때 나는 지금의 웃음을 알아볼 수 있을까. 아마도 낯설게 다가오면서도 동시에 나를 위로할 것이다.

'그때의 너는 그렇게 웃고 있었구나.'

웃음은 미래를 향한 메시지다.

웅장한 기둥과 장식은 묵묵히 말한다.

'너의 삶도 이만큼 장엄하다.'

그러나 그 장엄은 외부가 아니라 내부에서 비롯된다. 내 미소는 그 내적 장엄을 드러내는 또 하나의 증거다.

사람들로 붐비는 공간이었지만 내 사진 속 순간은 고요하다. 웃음은 소리 없는 노래다. 그 노래는 내 가슴 안에서 울리고, 카메라 렌즈를 타고 흘러 나와 지금 이 글이 되었다.

내가 이렇게 웃을 수 있는 것은 과거 덕분이다. 어린 시절, 부모님의 미소를 닮아왔고, 수많은 이별과 만남 속에서 다시 웃는 법을 배웠다. 웃음은 누군가에게서 이어받은 유산이다.

여행에서 중요한 것은 얼마나 많은 장소를 보았는가가 아니다. 얼마나 많은 순간에 웃었는가이다. 웃음은 곧 여행의 척도이자, 삶의 척도다.

여행이 끝나고 일상으로 돌아가면, 사람들은 종종 묻는다.

"좋았어?"

그때 나는 이 사진을 떠올릴 것이다. 그리고 대답할 것이다.

"응, 참 많이 웃었어."

그것이면 충분하다.

이 웅장한 공간은 내게 미소의 철학을 가르쳤다. 부처의 미소와 나의 미소가 잠시 겹쳤던 순간, 나는 알았다. 웃음은 단순한 표정이 아니라, 하나의 수행이라는 것을.

사진 한 장에 담긴 웃음은 짧은 순간이지만 그것이 주는 울림은 영원하다. 언젠가 내 손에서 이 사진이 떠나더라도, 그 순간의 기운은 나를 오래 지탱할 것이다.

사진을 본 누군가는 말할 것이다.

"당신 참 환하게 웃었네요."

그 말 한마디로 내 웃음은 다시 살아난다. 웃음은 그렇게, 타인의 눈길 속에서 계속 이어진다.

결국 깨닫는다. 여행이란 빛 속에서 나를 다시 만나는 과정이라는 것을. 사진 속 환한 얼굴은 단순한 '나'가 아니다. 그것은 세월을 견뎌낸 나, 여전히 웃고 있는 나, 그리고 앞으로도 웃을 나의 모습이다.

단종의 고장, 영월

가을 햇살은 한없이 맑고 투명했다. 영월의 하늘은 눈부신 푸른빛으로 열려 있었고, 풀빛은 고요하게 그 아래를 메우고 있었다. 나는 조선 왕릉의 문을 지나 단종의 고장, 영월에 서 있었다. 돌계단 위로 이어진 길을 걷는 동안 마치 역사의 품속으로 걸어 들어가는 듯한 기묘한 울림이 나를 감쌌다. 이곳은 단순히 한 시대의 묘역이 아니라 삶과 죽음, 권력과 덧없음이 교차하는 철학의 현장이었다.

붉은 기둥 사이로 바라본 전각 안에는 검은 비석이 묵묵히 서 있었다. 그곳에 새겨진 글자는 세월에 닳아 희미했지만, 오히려 그것이 더 큰 무게로 다가왔다. 글자 하나하나가 인간의 생애를 기록한 것이 아니라, 권력의 종착지와 역사

의 순환을 증언하는 듯했다. 나는 문득 이 비석 앞에서 영원
이란 무엇일까, 단정이란 무엇일까를 묻지 않을 수 없었다.

단정이란, 어쩌면 화려하지 않음 속에서 오는 품격일 것
이다. 무덤은 크지 않았고 장식은 절제되어 있었다. 그러나
그 절제는 겸허와 존엄을 동시에 품고 있었다. 마치 우리 인
생 또한 화려한 빛깔보다는 정제된 품위를 남기는 것이 더
값진 길임을 일깨우듯 했다.

왕릉 뒤편 언덕은 가을 풀꽃으로 가득했다. 하얀 구절초
와 들꽃이 파도처럼 언덕을 뒤덮고 있었고, 그 사이로 소나
무가 곧게 서 있었다. 무덤은 자연에 스며들어 있었고, 자연
은 무덤을 감싸 안고 있었다. 나는 그것을 바라보며, 결국 인
간의 삶도 자연 속으로 되돌아가야 한다는 순환의 진리를
느꼈다. 죽음은 단절이 아니라 귀환이며, 풀꽃과 나무, 바람
과 햇살이 곧 우리의 또 다른 얼굴이라는 사실. 왕릉의 고요
한 언덕은 그 철학을 가장 평온한 방식으로 전하고 있었다.

문 앞에서 만난 물고기 모양의 자물쇠는 내 시선을 오래
붙잡았다. 왜 하필 물고기였을까. 물고기는 끊임없이 헤엄
치며 생명을 이어가는 상징이다. 동시에 물속에서 눈을 감
지 않고 살아가는 존재이기도 하다. 그것은 끊임없는 생명
력, 그리고 깨어 있음의 은유일 것이다.

잠시 멈춰 서서 생각했다. 우리가 역사를 바라본다는 것

은 잠시 잠들었다 깨어난 물고기의 눈빛과도 같지 않을까. 죽은 듯 고요하지만, 실은 쉼 없는 생명으로 흐르는 세계. 영월의 자물쇠는 묵묵히 그것을 말하고 있었다.

영월은 역사의 변방이자 중심이었다. 단종이 유배되어 생을 마친 땅, 그러나 그 비극 속에서 오히려 더 큰 단종의 정신이 피어났다. 단종의 죽음은 권력의 무상함을 드러내는 동시에, 인간이 끝까지 지켜야 할 품위란 무엇인가를 우리에게 묻는다. 나는 왕릉 앞에서 오래도록 서 있었다. 단정이란 곧 무릎 꿇음이 아니라, 꺾임 속에서도 꺼지지 않는 기품이었다. 영월의 바람은 그 단종의 숨결을 여전히 품고 있었다.

스스로에게 물었다. 나의 삶 속에서 단정함이란 무엇인가. 바쁘게 살아가며, 화려한 욕망에 흔들리며, 때로는 주저 앉고 싶은 순간 속에서 내가 지켜야 할 마지막 단정은 어디에 있는가. 왕릉의 고요 속에서, 풀꽃의 미소 속에서, 물고기 자물쇠의 눈빛 속에서 작은 답을 얻는다. 단정이란 삶을 엄숙히 바라보고, 죽음을 겸허히 받아들이며, 자연의 순환 속에 스스로를 맡기는 태도다.

영월의 길을 내려오며 다시 하늘을 올려다보았다. 푸른 하늘과 푸른 언덕은 인간의 삶을 잠시 감쌌다가, 곧 자연의 품으로 돌려보낸다. 그 길 위에서 나는 단정이란 화려함이 아니라 겸허함임을 배운다. 영월은 내게 말했다.

'끝까지 지켜야 할 것은 권력이 아니라 품위요, 영광이 아니라 단정이다.'

그 한마디가 내 마음속에서 울려 퍼졌다.

망향재의 향수

백두대간의 고갯길, 만항재에 서면 낯선 고요가 심장을 두드린다. 이곳은 '망향재'라 불리기도 했다. 이름 속에는 고향을 향한 그리움이 깊게 배어 있다. 길을 넘어야만 생계를 이어갈 수 있었던 이들의 발자취, 그 발걸음 속에서 숫아오른 향수는 단순한 감정이 아니라 생존의 무게였다. 나는 오늘, 그 오랜 그리움의 자취 위에 서 있다.

만항재는 해발 1330미터, 백두대간의 중심부에 놓인 험한 고개다. 정선과 태백을 잇는 길이었고, 과거 광산 노동자들이 숱하게 오르내렸던 삶의 길목이었다. 이곳은 단순한 통행로가 아니라, 누군가의 고향과 누군가의 미래를 이어주는 다리였다. 고개를 넘어야만 가족을 만날 수 있었고, 그 고개를 건너지 못하면 소식조차 닿지 못했다.

향수鄕愁는 단순히 '그리움'이라 번역하기에는 부족하다. 그것은 인간이 결코 벗어날 수 없는 뿌리이자, 존재의 근원에 대한 갈망이다. 타향에서 살아가며 얻은 성취도 결국 고향의 언어, 고향의 냄새, 고향의 기억 앞에서는 한낱 바람처럼 흩어진다. 망향재에 서면, 그 철학적 진실이 발밑의 흙냄새처럼 짙게 배어든다.

길가에는 작은 노란풀꽃이 피어 있고, 깊은 숲속에는 투명한 보랏빛 투구꽃이 고개를 들고 있다. 나비는 계절의 바람을 타고 느릿하게 날갯짓한다. 이 모든 생명은 마치 지나간 이들의 그리움이 빛으로 환생한 듯하다. 삶의 무게에 짓눌린 이들이 이 길을 오르내릴 때, 꽃은 위로였고 나비는 희망이었다. 자연은 언제나 인간의 향수를 달래는 동반자다.

광산으로 향하던 이들의 발걸음을 상상한다. 척박한 산중에서 흘린 땀방울은 검은 석탄 속에 스며들었고, 그들의 마음은 늘 고향 마을로 향해 있었다. 막장에서 일하던 노동자가 퇴근길에 바라보던 별빛조차 고향집 마당에서 반짝이던 불빛과 겹쳐졌으리라. 망향재는 그 노래의 회랑이다.

고개를 넘는다는 것은 그저 지리적 경계를 넘어서는 일은 아니다. 그것은 운명을 넘는 일, 한계를 넘는 일, 그리고 자신을 넘어서는 일이다. 망향재는 우리에게 묻는다.

"너는 무엇을 넘어가고 있는가?"

삶의 매 순간 우리는 저마다의 고개를 오르고 있다. 그 길 위에서 인간은 성장하고, 그리움 속에서 인간은 성찰한다.

나는 고향을 떠나 도시에서 살아온 세월이 길다. 그러나 어머니 목소리, 어린 시절의 냇물 소리, 저녁 무렵 연기 피우던 아궁이 냄새는 여전히 내 안에 살아 있다. 만항재의 바람이 불어올 때, 그 기억들은 되살아나 나를 감싼다. 향수란 사라지지 않고 여전히 우리 존재의 가장 깊은 곳에서 숨 쉬는 진실이다.

망향재는 단순한 지명이 아니라, 인간 존재의 은유다. 우리는 모두 언젠가의 고향을 잃고 살아간다. 그러나 그 상실 속에서 삶은 더욱 빛나고, 그리움 속에서 인간은 더욱 깊어진다. 향수는 결핍이 아니라 충만이다. 그것은 고향이 지금 여기, 우리의 가슴속에 있음을 알려주는 철학적 증명이다.

만항재 정상에 서면, 산 아래로 펼쳐진 길이 고향을 향해 손짓하는 듯하다. 오늘 나는 이 길 위에서, 내 삶의 무게를 가만히 내려놓는다. 그리고 다짐한다. 향수는 돌아감이 아니라, 기억으로 현재를 더 깊이 살게 하는 힘임을. 망향재의 바람은 그렇게 내 마음에 오래 머물며, 살아가는 힘을 속삭여준다.

화암사 가는 길

이정표 하나가 나를 멈춰 세운다.

'화암사 500m'

숫자보다 마음이 먼저 가볍게 흔들린다. 그 500미터는 거리의 개념이 아니다. 세속의 소음에서 벗어나, 고요를 향해 한 걸음씩 나아가는 마음의 길이다.

산속의 공기는 맑고도 촉촉하다. 숲길 양옆에는 낙엽이 가을빛으로 물들며 길손의 발자국을 부드럽게 감싸준다. 이름 모를 새소리와 바람이 엇갈리며 만드는 음악은, 세상 어디에도 없는 산의 교향곡이다.

돌탑 앞에서 한참을 멈춰 선다. 크고 작은 돌들이 제각기 다른 인연의 무게를 지닌 채 서로 기대어 있다. 어떤 이는 소망을 담아 올렸을 것이고, 또 다른 이는 상처를 내려놓고 갔을 것이다. 그 무심한 돌더미 속에서 오래된 기도의 형체를 본다. 누군가의 간절함이 저렇게 단단히 세워져 있었을까.

길가의 나뭇잎 하나가 공중에 떠 있다. 거미줄에 매달려 가볍게 흔들리며, 바람 따라 춤을 춘다. 세상에 매달린 채로 자유로워 보인다. 그렇게 살면 좋겠다는 생각이 든다. 붙잡힌 듯하지만, 스스로 흔들리며 세상을 감각하는 삶.

폭포가 가까워질수록 물소리가 커진다. 하얀 포말이 돌부리에 부딪히며 터지는 소리는 오래된 불경의 한 구절처럼 마음속 번뇌를 씻어낸다. 물은 잠시도 머무르지 않는다. 흐르는 것이 존재의 방식임을, 산의 물줄기가 가르쳐 준다.

화려한 단청 아래에 선다. 범종이 묵직하게 숨 쉬고 있다. 불상 앞에서 손을 모은 사람들의 표정은 모두 다르지만, 그 마음은 하나로 닿아 있는 듯했다. 절집의 고요는 침묵이 아니다. 그것은 세상의 모든 소리가 한데 모여 사라지는, 깊은 합일의 순간이다.

바람에 흔들리는 풍경이 맑은 소리를 낸다. 그 한 번의 울림이, 먼 하늘 끝까지 닿을 듯 투명하다. 나는 그 소리 속에서 내 마음의 중심을 듣는다. 비로소 내가 어디서 왔고, 어디로 가야 하는지를 잊는다. 그냥 이곳, 이 순간에 존재함이 전부다.

멀리 바위산이 안개 속에서 우뚝 서 있다. 수백 년 동안 그 자리를 지켜온 산의 어깨는 무겁지만, 동시에 부드럽다. 세속의 시름과 인간의 소망을 모두 품어온 웅장함 앞에서 나는 작은 돌멩이 하나처럼 겸손해진다.

화암사에 들어선다. 소나무 가지에 걸린 작은 등불 하나. 금빛 잎 모양의 패에는 누군가의 바람이 적혀 있다. '오래도록 건강하고 행복하길', 그 짧은 문장 속에는 한 생의 간절함이 담겨 있다. 등불은 바람에 흔들리며, 그 바람조차 기도가 되어 산 위를 돈다. 이곳에 이르러 바라본 세상은, 그저 안개 속에 잠겨 있다. 하지만 그 흐릿함이 오히려 따뜻하다. 분명히 보이지 않아도, 모든 것이 제자리에 있다는 확신이 마음을 적신다.

내려오는 길, 나는 깨닫는다. 산이 나를 받아들인 것이 아니라, 내가 산의 품으로 스며들었음을. 화암사까지의 길은 어쩌면 나 자신에게로 향한 여정이었음을.

바람이 머무는 자리에서, 밀양 용궁사

하늘이 유난히 푸르던 날, 가을의 햇살이 나뭇잎 사이로 스며들며 내 어깨를 감싼다. 밀양의 언덕 위, 오래된 사찰 하나가 고요히 나를 기다리고 있다. 용궁사龍宮寺, 이름부터가 신비롭다. 용이 하늘과 바다를 잇듯, 이곳은 하늘과 마음을 잇는 다리처럼 느껴진다.

사찰 입구를 지나자마자 내 눈에 들어온 건 '요가나무 아쉬람'이다. 검은 나무판에 새겨진 글귀에는 이렇게 적혀 있다.

'자연과 인간의 오행이 하나로 연결되어 우주로 확장된다'

그 문장을 읽는 순간, 가슴 한편이 저절로 따뜻해진다. 요가나무는 햇살을 받아 반짝이고 있다. 그 가지에는 오랜 세월의 숨결이 깃들어 있다. 마을 사람들은 이 나무를 부처의 나무, 혹은 소원을 들어주는 나무라 불렀다고 한다. 누군가는 이 나무 아래서 눈을 감고, 누군가는 손을 모아 가족의 안녕을 빌었을 것이다. 나 또한 잠시 눈을 감았다. 나무의 잎사귀 사이로 바람이 스치며 속삭인다. 삶은 숨처럼 흐르고, 평화는 그 숨 속에 있다고.

요가나무 옆에는 작고 앙증맞은 불상이 놓여 있다. 목에는 염주가 걸려 있고, 두 손에는 구슬이 담겨 있다. 햇살에 반짝이는 구슬의 빛이 마치 생명을 품은 듯 따스하다. 그 앞에 앉으니, 왠지 모르게 내 안의 불안이 차분히 가라앉는다. 기도란 꼭 종교적 행위만이 아닐지도 모른다. 그저 마음속의 어지러움을 내려놓고, 나 자신에게 조용히 말을 거는 일, 그것만으로도 이미 기도가 아닐까.

경내의 중심에는 보각전寶覺殿이 있다. 단아한 기와지붕 아래, 형형색색의 연등이 바람결에 흔들린다.

붉은 등, 파란 등, 노란 등 그 색깔들은 마치 사람들의 기도와 소망이 하늘로 떠오르는 듯하다. 계단 옆에는 노란 국화가 정갈히 피어 있다. 국화의 향이 가을빛과 섞여 법당 안으로 스며든다. 그 향 속에서 한참을 머무른다. 불상의 손끝, 그리고 그 앞에 앉은 이들의 등 뒤로 햇살이 부서지며 들어온다.

보각전 옆 마당에는 커다란 미륵불이 자리하고 있다. 나무아미타불이라 새겨진 그 앞에서 한참을 걸음을 멈췄다. 불상은 세상 모든 슬픔을 다 품은 듯한 미소를 짓고 있다. 그 얼굴을 바라보는 것만으로도 위로가 된다. 한 아이가 그 앞에 다가와 손바닥만 한 돌을 살짝 내려놓는다. 그리고 두 손을 모으고 말한다.

"엄마가 아프지 않게 해 주세요."

순간, 바람이 분다. 아이의 머리카락이 흩날리며 햇살이 부서진다. 그 장면이 내 마음을 오래도록 붙잡는다. 삶이란, 어쩌면 그런 간절함의 연속이 아닐까. 보이지 않는 누군가를 향해, 혹은 나 자신을 향해 조용히 소망을 띄우는 일일 것이다.

돌계단을 따라 내려오자, 사찰의 대문이 보인다. 단청의 붉고 푸른 빛이 눈부시다. 문 위의 현판에는 '용궁사'라는 글씨가 단정히 새겨져 있다. 문을 나서는 순간, 멀리 밀양 시내와 산맥이 한눈에 들어온다. 도심의 건물들이 햇살에 반짝이고, 그 뒤로는 구름 한 점 없는 푸른 하늘이 펼쳐져 있다. 그 하늘을 한참 동안 바라본다. 용궁사에서의 짧은 시간은 마치 한 편의 명상 같다. 몸은 산 아래로 내려가고 있지만, 마음은 여전히 그 나무와 불상 곁에 머물러 있다.

밀양 용궁사는 단순한 여행지가 아니다. 그곳은 '내려놓

음’ 과 ‘다시 걸음’ 을 배우는 공간이다. 요가나무의 숨결, 불
상의 미소, 그리고 바람의 노래. 그 모든 것이 내 마음속에
하나의 법문으로 남았다.

삼척 덕봉산을 거닐다

비의 향이 묻은 바람이 바다 쪽에서 밀려왔다. 삼척 덕봉산 해안탐방로의 입구에 섰을 때, 이미 그 바람에 마음을 빼앗기고 있었다. 해송의 향과 파도의 짠내가 섞인 공기 속에서, 무언가 오래된 이야기의 첫 장이 열리는 듯했다.

덕봉산은 이름부터 따스하다. 덕德 자 하나가 주는 온기 때문이다. 사람의 품처럼 너그러워 보이는 산등성이, 그 부드러운 곡선은 누군가의 등을 닮아 있었다. 바다와 맞닿은 산길은 조용히 사람을 품어 안았다. 길을 따라 걷다 보면 나무 덱이 이어졌다. 비에 젖은 나무판 위로 발을 디딜 때마다 찰박 하는 소리가 파도 소리와 섞여 들렸다. 그 소리는 이곳이 평범한 길이 아니라 시간과 기억이 머무는 통로임을 알려주었다.

숲이 깊어질수록 공기가 달라졌다. 풀잎에서 떨어진 빗방울이 어깨를 스치고, 솔잎 사이로 흰 안개가 피어올랐다. 그 순간 나는 문득, 이 산이 단지 나무와 바위로 이루어진 곳이 아니라 '숨 쉬는 존재' 라는 생각이 들었다.

덕봉산에는 전설이 있다. 옛날 대나무가 자라던 산에 스스로 소리를 내며 운다는 자명죽自鳴竹이 있었다 한다. 그 대를 베어 제사를 올리던 사람들은 그 신비한 울림을 신의 목소리로 여겼다. 그 옛사람들의 마음을 조금은 이해할 수 있을 것 같았다. 바람이 불면 대나무 대신 갈대들이 흔들리고, 그 사이에서 들리는 바람의 숨결이 분명 오래전 누군가의 기도를 닮아 있었으니까.

길은 어느새 바다 쪽으로 방향을 틀었다. 절벽 아래로는 파도가 부서지고 있었다. 검은 바위 사이로 하얀 포말이 솟아오르고, 그 위로 물안개가 흩어져 구름과 맞닿는다. 잠시 걸음을 멈추었다. 바다가 깊은 숨을 들이쉴 때마다 나의 마음도 그 안으로 잠겨드는 듯했다. 해안의 바람은 차가웠지만 그 바람 속에는 묘한 평화가 있었다. 쓸쓸함이 아니라 모든 것을 품은 듯한 넉넉한 고요였다. 덕봉산의 이름처럼, 세상을 향한 '덕德' 의 품이 바로 이런 것일지도 모른다. 모든 생명을 판단하지 않고, 그저 있는 그대로 받아들이는 것.

걷다 보니 길옆 풀숲에 작은 들꽃이 고개를 내밀고 있었다. 비에 젖은 여린 꽃잎이 손끝으로라도 닿으면 사라질 것만 같았다. 하지만 그 작은 생명은 거센 비바람 속에서도 꿋꿋이 피어 있었다. 그 모습이 마치 삶의 비밀을 들려주는 듯했다.

길의 끝자락에서 바다를 마주했다. 멀리 수평선 위로 비구름이 내려앉고, 아래로 부서지는 파도가 은빛으로 빛났다. 파도는 쉼 없이 밀려오고, 그 안에서 삶의 리듬이 느껴졌다. 넘어지고, 일어나고, 다시 부서지는 반복의 파도. 우리 인생의 모양과 닮아 있었다.

비가 조금씩 잦아들자 안개 속에서 덕봉산의 윤곽이 또렷해졌다. 부드러운 능선 위로, 하늘빛이 서서히 맑아지는 풍경이 펼쳐졌다. 순간, 이 길이 단순한 여행지가 아니라 마음을 정화시키는 하나의 '의식儀式' 같다는 생각이 들었다. 자연이 건네는 말 없는 위로 속에서 나 또한 조금은 가벼워진 듯했다.

돌아오는 길에 다시 그 나무 덱 위를 걸었다. 발밑에서 나무결이 전해주는 미묘한 따스함, 그것이 오늘의 마지막 인사처럼 느껴졌다. 비록 짧은 시간이었지만, 덕봉산은 내 안의 무거움을 씻어내고, 새로운 숨을 불어넣어 주었다. 바람이 지나간 자리, 갈대들이 부드럽게 흔들리고 있었다. 그 흔들림 속에서 깨달았다. 세상에 완전히 멈춘 것은 없다는 것을. 흔들리며 피어나고, 흔들리며 견디는 것이 삶의 자연스러운 모습이다.

삼척 덕봉산을 걷는 일은 내 마음의 울림을 찾아가는 여정이었다. 바람과 비, 그리고 오래된 전설이 머무는 길 위에서 나는 비로소 '고요한 생명' 의 소리를 들었다.

숲의 기억, 도동 측백나무 숲

도동마을은 조용하다. 대구 동구의 동남쪽 끝자락, 낙동강 물줄기가 유장하게 감싸 안은 이 마을엔 바람보다 느린 시간이 산다. 그 중심에 자리한 도동 측백나무 숲은 천천히 자라온 생명의 일기장이다.

이 숲은 300년이 넘는 세월 동안 제자리를 지켜온 천연기념물 제1호다. 그 수치만으로도 경외심이 들지만, 실제로 숲 앞에 서면 겸손해진다. 무심하게 바람을 견디는 나무의 몸짓, 잎사귀 하나하나에 쌓인 고요한 세월이 인간사보다 오래된 기억처럼 다가온다.

측백나무는 흔히 편백과 혼동되기도 하지만, 이곳의 측백은 자생종이다. 조선 숙종 때 도동서원이 자리 잡으면서 함께 심겼다는 전설이 내려온다. 붓 대신 가지를 세워, 조선의 선비 정신을 기억하려는 듯한 숲, 그러나 그것은 단지 전설만이 아니다. 유학과 자연이 조화롭게 공존했던 그 시절, 사람들은 자연을 경외하며 글을 썼고, 나무와 함께 삶을 엮었다.

측백의 뿌리는 바위를 파고든다. 이토록 가파른 절벽 위에서도 살아남은 그 생명력은 경이롭다. 한겨울 눈 속에서도 푸른 잎을 유지하고, 여름의 태양 아래서도 묵묵히 선다. 인간으로 치면 수많은 생의 고비를 묵묵히 견뎌낸 노인과 같다. 어쩌면 이 숲은 우리가 잊고 사는 인내와 겸손, 그리고 뿌리의 이야기를 들려주려는 것이 아닐까.

숲은 계절마다 다르게 말을 건다. 봄에는 연둣빛 속삭임으로, 여름에는 울창한 침묵으로, 가을에는 부서지는 햇살의 조각으로, 그리고 겨울엔 잎 하나도 흔들리지 않는 고요함으로, 그 모든 시간 속에 숲은 나이를 먹지 않는다. 다만 사람만이 나이를 먹고, 그 숲을 찾아들 뿐이다. 도동나무 숲은 시간의 축척이고, 기억의 간단한 층이다. 숲은 우리에게 묻는다. 당신의 뿌리는 어디이며, 어떤 삶의 돌 틈에 당신의 몸을 붙이고 살아가고 있느냐고.

어느 늙은 측백나무 앞에서 발길을 멈춘다. 굽은 가지 틈에 새 한 마리가 쉰다. 나무는 쉼을 내어주고, 새는 바람을 읽는다. 그렇게 자연은 누군가의 그늘이 되고, 누군가의 기억이 된다.

나는 늘 흔들렸다. 작은 말 한마디에도, 누군가의 시선에도, 내 안의 불안에도, 하지만 나무는 말이 없었다. 어떤 계절에도 그저 묵묵히 제자리를 지킬 뿐이었다. 햇살이든 비바람이든 받아들이며, 소리 없는 숨을 쉬는 듯했다. 그 모습에서 내면의 평화를 배웠다. 바깥의 혼란에 휘둘리기보다 스스로의 뿌리를 더 깊이 내리는 삶을 갈망한다.

오래된 것이 살아 있다는 것, 그 존재만으로도 충분히 위로가 된다는 것, 언젠가 나 또한 고요한 침묵 속에 선 나무처럼 누군가에게 조용한 그늘이 될 수 있다면 좋겠다. 사람 사이의 관계도, 세상이라는 숲속에서도, 측백나무처럼 서 있을 수 있다면 얼마나 단단할까.

숲은 속삭인다. 누군가 몰라줘도, 세상이 나를 흔들어도 나는 나답게 묵묵히 살아가면 되는 거라고, 살랑 이는 바람결에 숲은 나에게 잊지 못할 스승이 된다.

기와의 향기, 정암사

정암사에 발을 들이는 순간, 가장 먼저 시선을 붙잡은 것은 절집의 고요한 기와였다. 빗방울에 젖어 윤기를 머금은 기와는 지붕을 지탱하는 돌덩이 그 이상이었다. 그 위로는 수백 년의 세월이, 스님들의 염송 소리가, 그리고 불자들의 간절한 기도가 쌓여 있었다. 기와 하나하나가 흙에서 태어나 불길을 견디고, 바람과 비를 이겨내며 절집의 하늘을 지켜왔다.

바람이 불면 기와와 기와 사이로 미세한 울림이 전해졌다. 그것은 마치 세월이 속삭이는 듯한 고백이었다.

"나는 여기에 있었다. 나는 이 절의 시간을 지켰다."

기와는 목소리를 갖지 않았으나, 귀 기울이니 그 속에 숨

한 이야기가 스며 있음을 느낄 수 있었다. 절집 담장 위에는 작은 들꽃들이 피어 있었다. 기와 틈새에서 솟아난 생명은 신비였다. 척박한 돌과 흙 사이에서도 꽃은 어김없이 피어난다. 마치 삶의 고단함 속에서도 꺾이지 않는 인간의 희망을 닮아 있었다. 기와 위의 꽃은 절집의 장엄함을 부드럽게 감싸주며, 신성한 공간에 생명의 향기를 더했다.

정암사의 탑을 올려다볼 때, 기와의 무게와 탑의 고요함이 서로를 비춘다. 탑은 하늘을 향해 곧게 뻗어 있었고, 기와는 땅과 하늘을 연결하며 탑을 둘러싼 집을 지켜주고 있었다. 이 둘의 조화는 마치 인간의 기도와 우주의 응답이 서로 맞닿는 순간을 보여주는 듯했다.

기와는 흙에서 나와 불에 구워진다. 우리의 삶도 그러하다. 고난이라는 불길을 견디고 나서야 비로소 단단해진다. 기와가 모여 집을 이루듯, 사람도 수많은 만남과 이별, 기쁨과 슬픔을 쌓아 올리며 생을 완성한다. 정암사의 기와를 바라보며 내 삶 또한 불길을 지나온 하나의 기와임을 깨달았다. 절집을 감싸 흐르는 물은 기와의 표면을 적시며 반짝였다. 물소리와 기와 소리가 어우러져 작은 합창을 만들었다. 그 합창은 번뇌를 씻어내고, 마음속 먼지를 털어내는 힘이 있다. 기와 위로 흐른 물방울 하나가 곧 기도의 응답처럼 다가왔다.

정암사를 찾는 이들은 모두 기와 아래에서 잠시 머문다. 기와는 그들에게 비를 막아주고, 햇살을 가려주며, 바람을 고요히 받아낸다. 그러나 그 누구도 기와의 무게를 생각하지 않는다. 기와는 묵묵히 제자리를 지키며 자신의 사명을 다할 뿐이다. 마치 사랑처럼, 말없이 지켜주는 존재의 철학을 닮았다.

기와 위에 내려앉은 낙엽을 보며, 오래전 고향집의 초가와 기와를 떠올렸다. 어린 시절 장마철이면 흙냄새와 함께 스며들던 빗물, 그 위에 떨어지던 빗방울의 울림은 내 마음 속 가장 깊은 그리움이었다. 정암사의 기와는 단순히 불교의 상징이 아니라, 나를 나로 만든 삶의 향수였다.

기와는 결국 흙으로 돌아간다. 그것은 생명의 윤회이자, 존재의 순환이다. 사람도 그러하다. 우리는 모두 흙에서 와서 흙으로 돌아간다. 그러나 그 짧은 시간 동안 우리는 기와처럼 하늘을 떠받치고, 누군가의 그늘이 되어 준다. 정암사의 기와는 그 철학을 고요히 말해주었다.

정암사의 기와를 오래 바라보았다. 바람과 비에 닳고, 세월의 무게에 눌리면서도 여전히 제자리를 지키는 기와. 그것은 삶의 진실이자, 존재의 고백이었다. 나는 다짐한다. 내 삶 또한 누군가에게 작은 그늘이 되고, 작은 울림이 되는 기와와 같고 싶다고.

고택의 매력, 옻골마을

옻골은 지형이 오목하고, 마을을 둘러싸고 있는 3면의 산에 옻나무가 지천이라 붙여진 이름이다. 마을 입구에 들어서니 보호수로 지정된 노거수가 인사를 한다. 마을의 안녕과 풍요를 기원하며 심은 나무로 그 웅장함이 오가는 행인들의 눈길을 끈다. 팔공산 자락에 400여 년을 지켜 온 몇 안 되는 경주 최씨 집성촌은 20여 채의 한옥과 토담길이 아름답다. 담장 사이로 살포시 얼굴을 내민 각양각색의 꽃들이 벌, 나비를 불러들인다.

한옥은 조선시대 사대부의 가옥형태를 갖추고 있다. 광해 8년에 최동집이 이곳에 정착하면서 경주 최씨 집성촌을 이루었다. 나쁜 기운을 막기 위해 심었다는 비보 숲이 방문

객의 쉼터가 된다. 회화나무는 대삼공파의 파조이자 지역사회의 문풍진작에 기여한 선생을 기리기 위해 최동집 나무라고도 한다. 연못에는 연잎 사이로 수련이 방긋 웃고 있다.

마을의 일부 한옥은 현대식으로 개축되었다. 남아 있는 고택과 담장만으로도 옛 선인의 향수를 느끼기에 충분하다. 토담은 흙다짐에 군데군데 돌을 박은 형식으로 그 섬세함과 견고함에서 옛 조상의 지혜로움을 엿볼 수 있다. 길가에는 정조가 하사했다는 홍패가 걸려 있는 정려각이 발길을 잡는다.

은은한 한옥의 멋이 물씬 풍기는 흙담 길을 거닐며 옛 선인들의 향수를 느껴본다. 나풀거리는 호랑나비가 담장아래 만개한 백일홍을 애무한다. 계곡의 연두색 이끼숲 속을 따라 올라간다. 최동집이 살던 최씨 종가가 대문을 활짝 열어 일행들을 맞이한다. 정갈한 한옥 토담 위에는 담쟁이덩굴이 싱그럽다. 최씨 종가인 백불고택은 마을 안쪽에 위치하고 있다. 입향조 최동집의 손자 최경향이 지은 고택으로 대구지역 가옥 중 가장 오래된 주택 건물이다.

백불은 조선 정조 때 학자인 백불삼 최흥원의 호이다. 지붕의 높이가 다른 것이 이색적이다. 높은 곳은 집안의 어른이나 부모님이 기거를 했고, 낮은 곳은 자녀들의 공간으로 활용했다고 한다. 뒤란에는 종가의 안채가 다소곳이 자리 잡고 있다. 금방이라도 한복을 입은 안방마님이 나올 것만 같다.

개울과 가까운 곳에 위치한 동계정은 지금도 전통문화 체험장으로 이용하고 있다. 고택 기와지붕 치미 끝자락 아래 어울리지 않는 어느 통신사의 와이파이 단말기가 생경스럽다. 토담 벽 옆 사리문 앞에는 몸을 낮춘 봉숭아가 금방이라도 '톡' 하고 봉오리를 터트릴 것만 같다. 수구당 대청에서 바라본 뒤뜰은 여름 풍경이 물씬 풍기는 살아 있는 초록 액자가 된다.

고택 마루에 걸터앉는다. 마루 한편에 옹이구멍이 눈길을 사로잡는다. 나무의 몸에 박힌 가지의 그루터기가 오랜 세월 풍파를 견디다 빠져 나간 자리가 횡하다. 눈부신 햇살 속에서 마음은 이내 뻥 뚫린 옹이구멍이 된다.

같이 간 일행들이 삼삼오오 고택의 매력에 빠져 발길을 늦춘다. 마을 뒷산에 자리 잡은 거북바위를 바라본다. 400여 년 종택의 역사를 묵묵히 지켜온 수호신이 아니던가. 고택 토담 길에서 한복을 곱게 입은 여인을 닮은 초롱꽃이 아름답다. 고택 한편에 자리 잡은 장독들이 옹기종기 정겹다.

내려오는 길, 자연과 더불어 살던 그 시절의 여인들이 부러워진다. 고택 대청마루에 한복을 입고 다소곳이 앉아 있는 내 모습을 상상해 본다. 흙냄새 물씬 풍기는 토담 길에 늘어선 연분홍 접시꽃이 바람결에 하늘거린다.

도쿄의 밤, 빛 속을 걷다

도쿄의 밤거리를 걷는다. 눈부신 불빛이 유리벽마다 반사되고, 자동차의 헤드라이트가 물결처럼 지나간다. 사람들의 발걸음이 분주하지만 그 속에서 느릿하게 걸음을 맞춘다. 내 앞을 스쳐가는 불빛들이 마치 지금 어디로 가고 있느냐고 묻는 듯하다.

이 도시의 밤은 화려하지만 그 속에 깃든 고요는 어딘가 묘하게 낯설다. 간판의 불빛, 도로 위의 반사광, 쇼윈도의 조명은 모두 자기 존재를 증명하듯 빛난다. 그러나 그 사이를 걷는 사람들의 얼굴은 각자의 그림자를 안고 있다. 그 무수한 빛과 그림자 사이에서 문득, '빛이란 무엇일까' 생각한다.

빛은 어둠이 있어야 드러나고, 어둠 속에서만 제 모양을 가진다. 인간의 삶도 그와 다르지 않다. 길모퉁이마다 사람들의 이야기가 쌓여 있다. 퇴근길의 직장인, 쇼핑백을 든 여행자, 손을 잡고 웃는 연인들. 모두 저마다의 이유로 이 밤을 지나가고 있다. 그리고 나도 그중 한 사람으로, 누군가의 시선 속을 스쳐간다. 낯선 도시에서 나의 존재는 한 점 빛처럼 미세하지만, 그 빛조차 누군가에게는 하나의 풍경이 된다.

도쿄의 거리는 질서 정연하면서도 자유롭다. 사람들은 서로의 간격을 지키며, 침묵 속에서 예의를 나눈다. 이곳에서는 소리가 크지 않아도 삶이 충분히 울린다. 그 조용한 울림 속에서, 나 자신의 리듬을 듣는다. 언제부터인가 나는 타인의 시선 속에서 내 삶의 속도를 재어왔다. 그러나 이 밤, 도쿄의 거리에서 오롯이 나의 속도를 찾고 싶었다.

쇼윈도 안의 마네킹이 미소를 짓는다. 그들은 변하지 않는 얼굴로 세상의 변화를 비춘다. 반면 나는 끊임없이 흔들리며 변화 속에서만 살아 있음을 느낀다. 완벽한 정지보다 불완전한 움직임이 더 아름다운 이유는, 그 안에 생명이 있기 때문이다.

잠시 신호등 앞에 멈추어 선다. 붉은 불빛이 내 앞을 막고, 초록의 순간을 기다리게 한다. 삶도 모든 길이 언제나 초록불일 수는 없다. 멈춤의 시간이 있기에 다시 걷는 발걸음이 존재한다. 신호가 바뀌자 사람들은 동시에 건너기 시작한다. 그 흐름에 발맞추며 생각한다. 이 길 위에서, 나는 나의 길을 걷고 있다고.

도쿄의 밤은 차갑지 않다. 불빛의 온기가 사람의 온기처럼 느껴진다. 어느 순간부터 도시의 소음이 음악처럼 들린다. 차의 경적, 신호등의 소리, 멀리서 들려오는 웃음소리, 그것들은 혼돈이 아니라 조화다. 인생 또한 불완전한 소리들의 합창이 아닐까.

거리를 따라 걸으며 문득 하늘을 올려다본다. 별이 거의 보이지 않는 도시의 밤에도, 빛을 본다. 그것은 하늘이 아니라, 사람들의 눈빛과 표정 속에 있다. 인공 조명 아래에서도 인간의 마음은 여전히 별처럼 빛난다.

호텔로 돌아가는 길목, 유리창 너머로 내 모습이 비친다. 쇼윈도 속 여행자이자 구경꾼, 그리고 한 인간이었다. 도쿄의 밤은 내게 말을 건다.

'당신은 지금 이곳에 존재하고 있네요. 그것만으로도 충분히 아름답습니다.'

나는 미소 짓는다. 오늘 밤, 나는 나를 비추는 불빛 하나로 살아 있다. 그리고 그 불빛이 내 안의 어둠을 살짝 밝혀주었다는 사실이, 이상할 만큼 고마웠다.

상하이 영산대불靈山大佛과의 만남

푸른 하늘을 배경으로, 마치 산맥 위에 우뚝 선 듯 거대한 불상이 모습을 드러냈다. 상하이 근교 무석無錫의 영산대불, 높이 88미터에 이르는 이 거대한 석불은 단순한 조형물이라기보다 인간 정신이 도달하고자 한 이상세계의 표상이었다. 계단 아래에서 올려다보니, 그 압도적 스케일 앞에서 자연스레 숨을 고르고 발걸음을 멈추었다.

불상의 오른손은 세상을 향해 들려 있고, 왼손은 부드럽게 내리 드리워져 있다. 그것은 두려움을 거두고 자비를 내리는 수인手印이다. 그 손길 아래에 선 나는, 마치 존재 자체가 위로받는 듯한 평온함을 느꼈다.

불상에 이르기 위해서는 긴 계단을 올라야 했다. 돌로 다져진 그 계단은 내가 걸어온 삶의 길과도 같았다. 땀이 흐르고 숨이 차올라도, 발걸음을 멈출 수는 없다. 사람들이 계단에 앉아 잠시 쉬었다가 다시 일어서는 모습은, 우리의 인생 여정을 압축해 보여주는 듯했다.

한 계단, 또 한 계단을 오르며 생각했다. 불상에 다가간다는 것은 자기 내면을 향해 나아가는 과정일지도 모른다고. 그 길에서 마주하는 고단함은 곧 성찰의 기회였다.

불상의 발치에 다다르자 그 규모는 더욱 실감 났다. 발 아래의 연꽃좌대만 해도 작은 건물 몇 채를 올려놓을 만한 크기였다. 바람이 불 때마다 거대한 청동의 표면은 은빛으로 반짝였고, 그 광휘는 마치 부처의 미소처럼 온화했다.

부처의 눈을 올려다보았다. 그 눈빛은 결코 차갑지도, 과장되게 따뜻하지도 않았다. 다만 모든 것을 있는 그대로 받아들이는 무심無心의 눈빛이었다. 그 앞에 서니 내 마음속 분주한 욕망과 불안이 잠잠히 가라앉았다.

영산대불 앞에 서면, 종교적 신앙심을 넘어서는 철학적 질문이 밀려온다. 인간은 왜 이토록 거대한 상징을 세웠을까? 그것은 단순히 외형적 위용을 자랑하기 위함이 아니라, 우리 내면에 있는 '작음'을 일깨우기 위함일 것이다.

우리는 종종 삶의 무게에 눌려 자신을 보잘것없다고 느낀다. 그러나 거대한 부처 앞에서 깨닫는 것은, 작은 존재조

차 이 광대한 세계 속에 의미 있는 한 점으로 빛난다는 사실
이다. 거대함은 인간의 미약함을 드러내지만 동시에, 미약
함이야말로 진리와 연결된 통로임을 일깨워 준다.

계단 곳곳에 앉아 숨을 고르는 이들, 합장하며 두 손을
모은 노부부, 아이의 손을 잡고 걸어가는 젊은 부모들. 모두
의 얼굴에는 서로 다른 표정이 담겨 있었다. 그러나 그 표정
의 바탕에는 공통된 감정이 있었다. 바로 '경외敬畏'였다.

관광객으로 왔든, 신앙인으로 왔든, 불상 앞에 선 순간만
큼은 누구나 자신의 내면을 돌아보게 된다. 영산대불은 그
저 그런 조형물이 아니라, 인간 각자의 마음을 비추는 거울
이었다.

불상을 참배한 후, 근처의 작은 식당에 들렀다. 차가운
망고 음료를 마시며 부채를 흔들었다. 방금 전의 장엄함이
일상으로 스며드는 순간이었다. 사람들은 식사하며 담소를
나누었고, 아이들은 장난을 치며 웃음을 터뜨렸다. 거대한
부처의 그림자 아래서도 삶은 이렇게 소소하게 이어지고 있
었다.

그 모습은 또 다른 깨달음을 주었다. 불교가 설하는 진리
는 저 높은 곳에만 있는 것이 아니라, 바로 우리의 일상 속
웃음과 식탁 위에도 깃들어 있다는 사실 말이다.

하산하는 길에 뒤돌아보니, 부처는 여전히 그 자리에 서

있었다. 인간이 쌓은 계단과 숲길 너머로 우뚝 솟아, 마치 세상의 변화를 초월한 듯한 존재감을 뿜어내고 있었다.

문득 이런 생각을 했다. 부처는 우리를 굳이 끌어올리지 않는다. 그저 그 자리에 서서, 우리가 걸어오기를 묵묵히 기다리고 있을 뿐이다. 불법은 가르침을 강요하지 않고, 다만 우리가 깨닫기를 기다려주는 것이다.

상하이 영산대불과의 만남은 단순한 여행이 아니었다. 그것은 인간의 길과 존재의 의미를 되묻는 철학적 체험이었다. 거대한 불상 앞에서 내 삶의 작음을 직시했지만, 동시에 그 작음이야말로 세상을 채우는 빛임을 알게 되었다.

삶은 영산대불로 향하는 긴 계단과도 같다. 숨이 차고, 때로는 멈추고 싶을 때도 있지만, 결국 한 걸음씩 나아가야 한다. 그 끝에서 우리는 거대한 진리 앞에 설 것이고, 그 순간 깨닫게 된다.

작은 나 또한, 우주와 이어져 있음을.

길 위의 여자

발행 | 2025년 12월 10일

지은이 | 박미정

펴낸이 | 신중현
책임편집 | 양성애
책임교정 | 박선아
마케팅 | 신호철

펴낸곳 | 도서출판 학이사
출판등록 | 제25100-2005-28호

대구광역시 달서구 문화회관11안길 22-1(장동)
전화_(053) 554-3431, 3432   팩시밀리_(053) 554-3433
홈페이지_http://www.학이사.kr
이메일_hes3431@naver.com

ISBN_979-11-5854-596-3 03810